KB034661

마음 읽는 하루

고단한 삶을 일깨우는 일상의 마음향기 306

마음 읽는 하루

미래북
miraebook

CONTENTS

3

덧없는 세월에 맞춰 살자

\

134

겉치레로 위장하지 마라 • 시작한 것은 반드시 끝을 맺으라 • 가끔 짧은 은둔으로 자신을 고찰하라 • 복잡한 문제는 맥부터 잡아라 • 실현 가능한 상상을 즐겨라 • 하루는 공평무사하다 • 편견을 삼가라 • 감당할 수 있는 만큼만 받아들여라 • 선의의 일탈로 타성을 극복하라 • 권태에는 신선한 자극이 필요하다 • 자기 관리에 엄격하라 • 나름 자문자답을 즐겨라 • 긍정의 젊음을 살라 • 초심을 잃지 마라 • 시간을 다루는 법을 터득하라 • 정신일도 하사불성 • 의혹도 의혹 나름이다 • 집착에서 벗어나라 • 배려의 미덕을 가져라 • 내면의 소리를 들어라 • 참깨달음이란 • 자신이 먼저 달라져야 한다 • 그릇된 야망은 삼가라 • 이유 없는 자포자기는 삼가라 • 속물적이고 감각적인 것은 멀리하라 • 복잡하게 살지 마라 • 집중력이 경쟁력이다 • 쓸데없는 잡념은 버려라 • 기회주의를 경계하라 • 실언과 식언을 삼가라 • 그날그날의 삶에 감사하자 • 자신감과 성취감을 경계하라 • 덧없는 세월에 맞춰 살라 • 단 1분이라도 마음껏 웃어라 • 스스로 오해의 불씨를 만들지 마라 • 스스로 기회를 만들어라 • 준비성 있는 자세로 하루를 임하라 • 몰입의 안테나를 세워라 • 믿음으로 자신을 거래하라 • 역발상으로 접근하라 • 자신 고유의 율법을 만들어라 • 내면이 아름다워야 인간답다 • 타고난 인간성에 충실하라 • 위기를 기회로 받아들여라 • 진솔한 사랑을 하자 • 휴식은 시간 낭비도 게으름도 아니다 • 자기 학대는 불신과 의심에서 나온다 • 획일적인 고정관념은 버려라 • 스스로 견디지 못하는 마음 상처는 낫지 않는다 • 소중한 사람의 이름을 불러보자 • 탐욕의 그릇은 채우지 마라 • 고난을 시험으로 받아들여라 • 끝은 새로운 도전이다 • 혼자라는 안타까움 • 그리우면 그리운 대로 • 비할 바 없는 소중함으로 • 그대를 위해서라면 • 한 점 후회 없는 사랑 • 그리움이 없는 사랑은 외로운 사랑이다 • 너무 애쓰지 마세요

5

가장 아름답고 벅찬 하루

\

시간은 우리 각자가 가진 고유의 재산이요, 유일한 재산이다.
그것을 어떻게 사용할 것인지 결정할 수 있는 것은 오로지 우리 자신뿐이다.
결코 그 재산을 남이 우리 대신 사용하지 않도록 조심해야 한다.

_칼 샌드버그

1
우리 행복하자,
오늘도

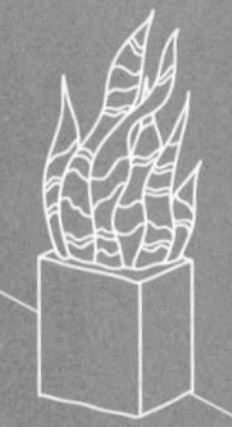

그대, 큰 행복에 연연하지 말자.
작은 행복에도 나름 감사하며 살아갈 수 있다.
우리 행복하자, 오늘도! 오늘도 우리 행복하자!

 001

지금부터
시작이야

시작은 늘 새롭다.
새로움은 희망과 기대를 동반한다.
희망과 기대는 자신의 의지에 좌우된다.
하루하루의 시작을 결코 멈추어서는 안 되는 이유는
오늘은 어제보다 내일은 오늘보다 달라져야 하는 존재가
우리 인간들이기 때문이다.
시작은 운명이다.
운명은 피할 수 없다.
피할 수 없기에 운명이다.
일 년 농사는 지금 오늘 이 순간부터다.
우리 모두 두 주먹 불끈 쥐고 파이팅이다!

'난 못해' 하는 말은 아무것도 이루지 못하지만'해볼 거야' 하는 말은 기적을 만들어 낸다.

_조지 p. 번햄

002

모방과 흉내의 길을 가지 마라

그대, 지금 어디에서 어느 쪽 어느 길을 가고 있는가.
자신이 가야 하는 길은 자신의 몫이다.
자신이 가는 길은 남이 간섭하거나 개입할 수 없는
자존과 긍지의 길이어야 한다.
자신이 가고 있는 길은 자신의 소관이다.
잘되고 못되고는 자신의 의지와 능력에 좌우된다.
모방과 흉내로 가는 길은 영혼과 생명이 없다.
자신이 선택한 길을 당당히 가는 건 큰 용기이다.
그대, 모방과 흉내의 길은 가지 마라!

타인의 위엄에 눌려 그를 모방하지 말라. 어떤 사람이든 자신만큼 그 일을 잘 알지도 잘 처리하지도 못한다.

_로버트 H. 슐러

시작한 노력은 게을리하지 마라

모든 노력에는 끊이지 않고 이어지는 연속성과
오래도록 유지되는 지속성이 필요하다.
처음부터 조금 하다 안 되면 말고 식의
도중하차를 염두에 두고 하는 노력은
빈 수레를 끌고 가는 눈뜬장님이다.
그대, 남들이 하니까 그냥 억지로 따라 하는 노력은
빛 좋은 개살구이고, 겉만 번드르르하고
화려한 실속이 없는 노력은
소리만 요란한 빈 깡통이다.

노력 없는 인생은 수치 그 자체다. 어제의 불가능이 오늘의 가능성이 되며 전 세기의 공상이 오늘의 현실로 우리들의 눈앞에 출현하고 있다. 명예는 정직한 노력에 있음을 명심하라.

_M. 마르코니

작심삼일을 즐겨라

그대, 작심삼일作心三日에 꺼둘리지 마라!
시간의 흐름에 따라가는 것보다 그 시간의 흐름을
스스로 이끌어나갈 수 있는 강한 의지를 가져라!
해마다 통과의례처럼 우리의 의지를 시험하고
저울질하는 작심삼일을 피할 수 없다면
차라리 양 어금니 앙다물고 맞장을 뜨는 기분으로
그냥 즐겨라!
그냥 즐기자!
"그래, 오늘은 또 다른 새로운 시작일 뿐이야!"

하나의 새로운 습관이 우리가 전혀 알지 못하는 우리 내부의 낯선 것을 일깨울 수 있다.
_생텍쥐페리

삶은 한 번의 기회가 주는 기적이다

삶이란 고뇌하기 위해 살아가는 것이 아니라
하루하루 감사함과 소중함을 마음에 되새기기 위함이다.
자기 몫의 삶을 묵묵히 살아가는 사람은
삶다운 삶을 사는 사람이다.
겉 다르고 속 다른 표리부동表裏不同한 삶은 살지 마라!

그대가 삶을 배신하지 않는 한
삶은 결코 그대를 배신하지 않는다.
삶은 신이 인간에게 준 단 한 번의 축복이며 기적이다.

그대가 값진 삶을 살고 싶다면 날마다 아침에 눈을 뜨는 순간 이렇게 생각하라. '오늘은 단 한 사람을 위해서라도 좋으니 누군가 기뻐할 만한 일을 하고 싶다'라고.

_프리드리히 니체

이제 나를 위해 살고 싶다

이제는 나를 위해 살고 싶다.
어제까지는 그 누구를 위해 삶의 전부를
저당 잡히고 싶었지만
이제는 '나'라는 존재를 위해 남은 삶을 살고 싶다.
아니, 새로운 만남이 사랑이란 이름으로
나를 부를 때까지 나만을 위해 살고 싶다.
사랑과 미움을 함께 한 어제라는 과거를 잊고,
짙은 아쉬움으로 방황하는
오늘이란 현재를 돌아앉게 하고,
새 만남이 기다리고 있을
내일이란 미래를 위해 살고 싶다.
이제 나를 위해 살고 싶다!

그대는 거기 어둠 속에서 무얼 하는가? 여기 빛이 있다. 그대 속 안에.

_오쇼 라즈니쉬

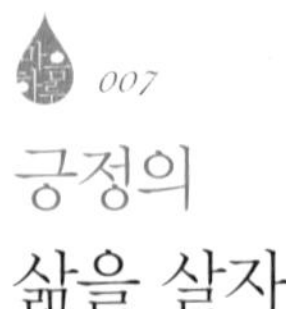

007 긍정의 삶을 살자

긍정의 삶은 자신 마음속에 있다.
남이 가진 긍정의 삶은 자기 것이 아니니까.

부정의 삶 또한 자기 마음속에 있다.
남이 가진 부정의 삶은 있으나 마나 한 것이니까.

긍정의 삶을 살자!
삶은 먹어봐야 맛을 아는 음식처럼
살아가면서 알게 되는 깨달음이니까.

자신을 있는 그대로 받아들이고 자주적으로 생각하라. 당신이 내린 결론이 완전무결하지 않은 것일 수도 있지만 최소한 강요된 결정보다는 바른 쪽에 보다 가까이 있을 것이다.

_앨버트 하버드

008

고마워 미안해 사랑해

남편이 아내에게, 아내가 남편에게
꼭 필요한 세 마디는 고맙다는 한 마디.
미안하다는 한 마디.
사랑한다는 한 마디.

이 세상에서 제일 아름다운 말은
오늘도 당신이 내 곁에 있어 주어서
정말 고마워!
정말 미안해!
정말 사랑해!

남편이 아내를 사랑하고, 아내가 남편을 사랑하지 않고서는 행복한 가정을 이룰 수 없다. 서로가 그 정신을 높히고 인격을 원숙하게 해 나가다 보면 가정의 행복이 증진되는 것이지, 처음부터 완전히 행복한 자리에서 시작되는 부부는 없는 것이다.

_로렌스

 009

한마음 한길
한 방향

사랑은 오직 한마음뿐이다.
다른 사람을 가슴에 담지 않아야 하는 까닭에.
사랑은 오직 한길뿐이다.
샛길로 빠지지 않아야 하는 까닭에.
사랑은 오직 한 방향뿐이다.
다른 데 정신을 팔지 않아야 하는 까닭에.

진정한 사랑의 반려는
한마음으로 한길을 한 방향으로 가는 동행이다.

한 사람이 다른 사람을 사랑하는 것. 이는 모든 일 중 가장 어려운 일이고, 궁극적인 최후의 시험이자 증명이며, 그 외 모든 일은 이를 위한 준비일 뿐이다.

_라이너 마리아 릴케

 010

자랑스러운 아내,
든든한 남편

남편은 아내에게 자랑스럽다는 말을 자주 하자.
아내는 남편에게 든든하다는 말을 자주 하자.
자랑스럽다는 한 마디.
든든하다는 한 마디.
이 세상에서 제일 듣기 좋고
이 세상에서 제일 아름다운 말이다.

오늘 당장 한번 해보자.
소중하기 이를 데 없는 그 누군가가 어제보다 더 가까이
성큼 다가와 있음을 느낄 것이다.

진실하게 맺어진 부부는 젊음의 상실이 불행으로 느껴지지 않는다. 왜냐하면 같이 늙어가는 즐거움이 나이 먹은 괴로움을 잊게 해주기 때문이다.

_앙드레 모로아

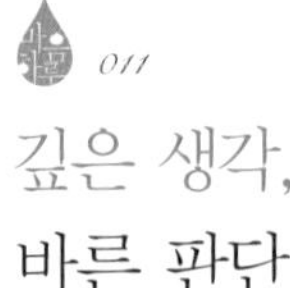

011

깊은 생각,
바른 판단

생각이 깊은 사람은 매사에 신중을 기한다.
깊게 흐르는 물일수록 맑고 조용하듯이.
깊이 있는 생각은
판단이 흔들리지 않을 때 오는 자기 확신이다.
이렇게 할까 저렇게 할까 하고 주저하는 사람은
비상구가 없는 미로를 헤매기 십상이다.
바른 판단은 깊은 생각에서 나온다.
중심이 흔들리는 생각은 좌충우돌 갈피를 잡지 못하듯.

생각을 바꾸면 믿음이 달라진다. 믿음이 달라지면 기대가 달라진다. 기대가 달라지면 태도가 달라진다. 태도가 달라지면 행동이 달라진다. 행동이 달라지면 실력이 달라진다. 실력이 달라지면 인생이 달라진다.

_존 맥스웰

 012

소중한 시간의 기억을 추억하자

추억은 색 바랜 책갈피이다.
꺼내볼 수 있을 때 꺼내볼 수 있으니까.
추억은 윤기 잃은 꽃병이다.
꽂을 수 있는 기억의 꽃이 있으니까.
추억은 스쳐 지나간 향기이다.
다시는 음미할 수 없는 기억이니까.

아름답고 소중했던 추억을 기억하자!
추억할 수 있는 기억이 있는 한
우리는 외롭지 않다.
추억은 신이 인간에게 준 가장 값진 기억이다.

사랑했던 시절의 따스한 추억과 뜨거운 그리움은 신비한 사랑의 힘에 의해 언제까지나 사라지지 않고 남아있게 한다.

_발타자르 그라시안

존재의 이유를 부정하지 말자

존재의 이유에 시시비비를 걸지 말자.
존재의 이유는 존재의 이유 자체만으로
존재의 이유가 충분하기 때문이다.

존재의 이유에 가타부타 하지 말자.
존재의 이유는 당연히 존재해야 할 것이
그냥 그 자리에 존재할 뿐이기 때문이다.

존재의 이유 그 이상 이하도 아닌 것이
존재의 이유이다.

내가 존재하는 이유는
내가 지금 여기 존재하기 때문이거늘!

인간이 살고 있는 이 세상은 주로 그가 보는 각도에 따라 모양이 지어진다.
_쇼펜하우어

 014

자신을 믿어 의심치 마라

그대, 지금 당장 자신에게 할 수 있는
약속의 리스트를 만들자!
일상의 즐거움을 알게 된다.
지금 당장 자신에게 믿음이 가는 한마디를 하자!
"난 널 믿어!"
알게 모르게 자신이 최고임을 알게 된다.

그대, 자신을 믿어 의심치 마라!
세상의 모든 사람들이 자신을 위함을 알게 된다.

자신의 약속을 더 철저하게 지킬수록 우리는 더 강해진다. 다른 사람에게 영향을 미치고 싶다면 우리가 먼저 우리 자신을 믿어야 한다. 그리고 자신을 믿기 위해서는 자기가 한 말을 믿고 또 말한 대로 행동해야 한다.

_앤드류 매튜스

시간 낭비는 삶의 손실이다

하루를 계획하는 사람은 아침에 달라져야 하고
한 달을 계획하는 사람은 하루하루 달라져야 하고
일 년을 계획하는 사람은 매달 달라져야 하고
10년을 계획하는 사람은 매년 달라져야 한다.

그대, 나침반 없이 방향을 잡는 삶의 여정은
눈먼 항해사에게 삶의 조타기를 맡기는 셈이다.
그대, 시간 낭비는 곧 삶의 손실이다.

시간은 우리 각자가 가진 고유의 재산이요, 유일한 재산이다. 그것을 어떻게 사용할 것인지 결정할 수 있는 것은 오로지 우리 자신뿐이다. 결코 그 재산을 남이 우리 대신 사용하지 않도록 조심해야 한다.

_칼 샌드버그

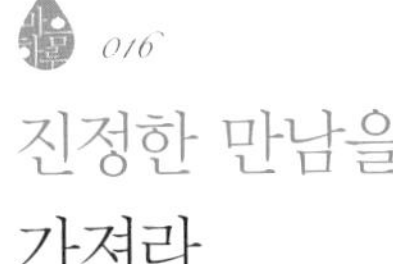

진정한 만남을 가져라

진정한 만남은 횡단보도의 신호등이다.
파란불일 때 건너야 하고
빨간불일 때는 멈추어야 한다.

너와 나, 우리의 만남도 마찬가지다.
굳이 만나고 싶지 않은 사람은 만나지 않아야 하고
꼭 만나야 하는 사람은 반드시 만나야 한다.
진정한 만남은 곧 서로의 진실된 마음의 교감交感이다.

진정한 만남은 상호간의 눈뜸이다. 영혼의 진동이 없으면 그건 만남이 아니라 한때의 마주침이다. 좋은 친구를 만나려면 먼저 나 자신이 좋은 친구감이 되어야 한다. 왜냐하면 친구란 내 부름에 대한 응답이기 때문이다.

_법정스님

 017

부탁을 거래의 대상으로 삼지 마라

함부로 부탁하지 말자.

자신의 의지를 밀어내는 소극적 행위이다.

함부로 부탁을 고집하지 말자.

자칫 강요가 될 수 있다.

함부로 부탁을 남발하지 말자.

버릇이 되면 고치기 어렵다.

함부로 부탁을 외면하지 말자.

성의를 곡해하는 오해가 될 수 있다.

진정성 있는 부탁은 거래가 아닌 교감에서 나온다.

부탁을 받고서 주는 것은 잘하는 것이지만 부탁하지 않아도 이해를 통하여 주는 것은 더 잘하는 것이다.

_칼릴 지브란

 018

자기 감정에 현혹되지 말라

사람의 마음속엔 상반된 두 개의 감정이 있다.
하나는 자신을 믿는 선한 감정이고
또 하나는 자신을 불신하는 악한 감정이다.
선한 감정은 자신을 슬기롭게 하지만
악한 감정은 자신을 미혹하게 만든다.

선불리 감정에 치우치지 말라!
치우치는 순간, 이해가 오해로 왜곡되고
진실이 가식으로 포장된다.

사람들 앞에서 부끄러워하는 것은 선한 감정이다. 그러나 자기 자신 앞에서 부끄러워하는 것은 더 한층 아름다운 것이다.

_세네카

 019

표현은
솔직하게 하라

우리의 마음과 생각 그리고 말과 글은
가공되기 전의 보석과 같다.
어떻게 가공하느냐에 따라
때로는 세상을 밝게 비추는 찬란한 빛이 되고
때로는 세상을 어둡게 하는 암울한 그림자가 된다.

거짓된 표현은 삼가라!
진실이 허위로 둔갑하는 낭패를 당한다.
차라리 모르쇠로 일관하거나
꿀 먹은 벙어리 흉내를 내는 게 백번 낫다.

하나의 거짓이 유지되려면 스무 개의 거짓말이 필요하다.

_포프

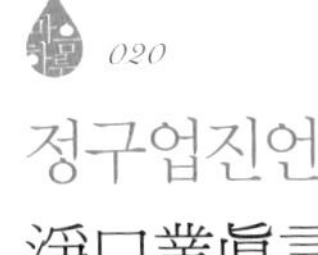

정구업진언
淨口業眞言

미륵산 큰 바위 하나 묵언수행 중이다.
정구업진언!
입으로 지은 죄 깨끗이 씻어 달라고!

큰 바위 우리에게 하소연한다.
속된 시류에 한마음 한 생각 편승하지 말라고!
방만한 오늘에 한마음 한 생각 갇혀 살지 말라고!
과한 소유에 한마음 한 생각 먼저
빛지는 인생 살지 말라고!
오욕락五慾樂 탐하는 인생 살지 말라고!
탐진치貪嗔痴에 휘둘리는 삶을 살지 말라고!

끊임없는 고행 속에서 살아나가도록 하라. 그리고 어떤 세속적인 안락이나 쾌락도 결코 기대하거나 원하지 말라.

_J. 에드워드

 021

침묵은 영혼의 깨달음이다

하루에 한 번 침묵을 가까이 하자.
평소에는 몰랐던 자신의 내면을 볼 수 있다.
침묵은 잠자고 있는 잠재의식을 깨우는
영혼의 깨달음이다.

그대, 침묵을 벗 삼자!
침묵을 벗 삼을 줄 아는 사람은
자신과의 소통이 충만한 사람이다.
침묵은 말 없음이 아닌 내면을 들여다보는 거울이다.

사람과 사람 사이의 소통에서 비극은 말에 대한 오해로 시작되는 것이 아니라 침묵을 이해 못할 때 시작된다.

_헨리 데이비드 소로

022

가을에는

가을에는 미처 다하지 못한 사랑을 하자.
가을은 감성이 풍부해지는 계절이다.

가을에는 홀로서기 여행을 떠나자.
고독과 사색을 즐길 수 있는 계절이다.

가을에는 한 편의 서정시를 암송하자.
쓰리고 아린 상처를 치유해 주는 계절이다.

이 가을엔 나는 모든 이웃들을 사랑해주고 싶다. 단 한 사람이라도 서운하게 해서는 안 될 것 같다. 가을을 정말 이상한 계절이다.

_법정스님

023

소유의 참뜻은

소유란 개념의 참뜻은
버려야 할 것을 기꺼이 버릴 줄 알고,
내려놓을 것은 아무 미련 없이 내려놓을 줄 알고,
비울 것은 스스럼없이 비울 줄 알고,
지울 것은 아무 생각 없이 지울 줄 알 때
비로소 그 의미와 가치를 따질 수 있다.

진정한 소유는 불필요한 것을 가지지 않을 때 오는 텅 빈 충만이다.

내가 소유하고 있지 않은 것을 소유하고 있다고 생각하는 망상에 빠지지 말고, 내가 소유하고 있는 것 중에서 가장 은혜로운 것을 생각하라. 또한 나에게 그것들이 없었다면 나는 얼마나 그것을 갈망했을 것인가를 생각해 보고 감사하게 여겨라.

_아우렐리우스

느림의 미학에 취해보자

가을은 느림의 미학을 생각하는 계절이다.

그대, 오늘 하루는 네 발 달린 괴물(?)을 버리고

부모님이 주신 건강한 두 발로

해거름이 내린 호젓한 공원길을 산책해 보자.

느긋한 마음으로 주위를 둘러보면서.

세상은 하루가 다르게 빠르게 돌아가도

마음만은 조금 느렸으면 좋겠다.

느림의 미학은 지친 삶을 위로하는 청량제이거늘!

가을이 되어 바람이 불지 않아도 잎은 저절로 떨어지고 사람 없는 빈산에 꽃은 붉게 피어 있다.

_고문진보

025

가을엔
고독해지자

가을 고독은 병이 아니다.
시간이 지나면 자연스레 달아난다.
가을 고독은 자기만 마음속으로 아파하거나 슬퍼하는
감상感傷이 아니다.
누구나 다 느끼는 슬픔이며 아픔이다.
가을 고독은 불청객이 아니다.
초대하지 않아도 매년 찾아오는 낯익은 손님이다.
가을 고독은 어머니의 애틋한 사랑이다.
허전한 가슴에 젖을 물리니까.

모든 인간은 본래 혼자다. 그래서 혼자일 때가 가장 편안하다. 따로 사는 것만이 함께 살기를 수월하게 한다. 일정한 거리가 없이는 사람이 관계를 가질 수 없다.

_유동범

 026

운명을
선택하라

그대, 운명을 원망하지 마라.

전생의 업이 곧 현생의 운명이거늘!

운명을 애써 부정하지 마라.

그냥 그대로 받아들이고 인정하라.

운명은 타고나는 것이 아니라 선택하는 것이다.

우리는 사람으로 태어나는 순간부터

자기 나름의 운명을 선택할 수 있는

히든카드 하나쯤은 가지고 있다.

당신은 당신이 지닌 운명의 의미를 당신이 그것을 받아들일 때 비로소 그 의미가 파악될 것이다. 운명을 받아들임으로써 운명과 하나가 되고 그래야만 운명이 당신을 지배하지 않고 바로 당신이 운명을 지배하게 된다.

_인도 격언

027

가을엔
손편지를 쓰자

가을엔 손편지를 쓰자.
첫 줄은「그리운 사람에게」
마지막 줄은「다시 만날 때까지 건강하세요.」
그리고 붉디붉은 단풍잎 하나 넣어 보내자.
소중한 그 누구와 추억여행을 떠나는 설렘과 함께.

가을편지는 타임머신이다.
과거와 현재 그리고 미래를 아우르는 시간이니까.
가을편지는 문학 소년의 습작이다.
쓰고 또 쓰고 또 쓰니까.

시보다 더 곱게 써야 하는 편지. 시곗바늘이 자정을 넘어서면서 네 살에 파고드는 글, 정말 한 사람을 위한 글. 귀뚜라미처럼 혼자 울다 펜을 놓는 글. 받는 사람도 그렇게 혼자 읽다 날이 새는 글. 그것 때문에 시는 덩달아 쓰인다.

_이생진

028

삶은 유아독존唯我獨尊이다

그대, 선택한 삶을 함부로 내치지 마라.
내치는 순간, 남의 삶을 살아주게 된다.
그대, 선택한 삶을 괜히 저울질하지 마라.
남이 저울질하는 것보다 더한 굴욕이다.
그대, 선택한 삶을 제멋대로 가공하지 마라.
자칫 나쁜 성분으로 변질되기 쉽다.

그대, 건성건성 대충대충 살아가는 삶은
이것도 저것도 아닌 불확실한 삶을 살아가는
우유부단이며 아집이거늘!

자신의 삶을 완벽하게 장악하고 스스로 자기 운명의 주인이 되겠다고 결심하라. 그리고 자신과 경주하면서 소명을 발견하고 삶의 황홀감을 경험하라. 과거나 미래의 어떤 일도 지금 당신 안에 있는 것에 비하면 아무것도 아니다.

_로빈 S. 샤르마

029

하루하루 아름답고 곱게 나이를 먹자

하루가 우리에게 말한다.
그냥 아무 생각 없이 막연히 살아가는 삶보다
작고 소소한 생각이라도 하면서 살아가는 삶이
그지없이 아름답다고!

하루는 알고 있다.
아름답고 곱게 나이를 먹느냐
추하고 흉하게 나이를 먹느냐 하는 선택은
하루하루를 살면서 어떤 족적을 남기느냐에
좌우된다는 것을!

오늘 하루를 헛되이 보냈다면 그것을 커다란 손실이다. 하루를 유익하게 보낸 사람은 하루의 보물을 파낸 것이다. 하루를 헛되이 보냄은 내 몸을 헛되이 소모하고 있다는 것을 기억해야 한다.

_앙리 프레데릭 아미엘

 080

깨어 있는 사람의 삶은

그대, 비굴한 모습으로 많은 것을 누리고 사는 삶보다
당당한 모습으로 부족한 것을 감내하는 삶을 살자.
비굴한 삶은 이기적인 인간의 삶이며
당당한 삶은 이상적인 인간의 삶이다.
비굴한 삶은 자신만을 아는 닫혀 있는 사람의 삶이며
당당한 삶은 더불어 살아갈 줄 아는
깨어 있는 사람의 삶이다.

그대, 깨어 있는 삶을 살아가는 주인공이 되자!

우리는 지금 어느 장단에 놀아나든지 정신을 바짝 차리고 깨어 있어야 한다. 깨어 있는 자만이 자기 몫의 삶을 자주적으로 살아갈 수 있다.

_법정스님

031

부부는 비움과 채움의 미학이다

부부는 비움과 채움이다.
한쪽이 비우면 다른 한쪽이 채워야 한다.

부부는 내려놓음과 들어줌이다.
한쪽이 내려놓으면 다른 한쪽이 들어주어야 한다.

부부는 서로의 권리를 절반으로 줄이며
서로를 배려하고 이해하는 아름다운 조화의 관계다.

고독에 대한 두려움이 결혼에 대한 속박의 두려움보다 훨씬 크기 때문에 사람들은 결국 결혼을 하게 되는 것이다.

_시릴 코넬리

032

우리 행복하자,
오늘도

그대, 큰 행복에 연연하지 말자.

작은 행복에도 나름 감사하며 살아갈 수 있다.

그대, 많은 행복에 구걸하지 말자.

적은 행복에도 나름 기뻐하며 살아갈 수 있다.

그대, 높은 행복에 굴하지 말자.

낮은 행복에도 나름 용기 있게 살아갈 수 있다.

진정한 행복은

크고 작고, 많고 작고, 높고 낮음에 있지 않다.

우리 행복하자, 오늘도!

오늘도 우리 행복하자!

행복의 척도는 필요한 것을 얼마나 갖고 있는가에 있지 않다. 불필요한 것으로부터 얼마나 벗어나 있는가에 있다. 행복은 자신을 다른 사람과 비교하지 않는 것이다. 각자 자기 몫의 삶이 있으니 남과 비교할 필요가 없다.

_법정스님

나는 누구인가?

작은 이유 하나에 화를 잘 낸다.
작은 이유 하나에 잘 웃는다.
작은 이유 하나에 사랑을 느낀다.
작은 이유 하나에 미움을 키운다.
작은 이유 하나에 고마움을 느낀다.
작은 이유 하나에 불만을 키운다.
작은 이유 하나에 배려할 줄 안다.
작은 이유 하나에 탐욕을 키운다.

나는 누구인가?
바로 너와 나, 우리 자신들이다.

"모든 것이 내가 하기 나름이다"라고 끊임없이 자신에게 말하는 법을 배워라.

_앙드레 지드

034

3초 생각하고 행동하라

일상은 두 개의 톱니바퀴다.
하나는 생각이고, 다른 하나는 행동이다.
생각과 행동은 자칫 엇박자를 내기 쉽다.

그대, 3초 동안 생각한 다음에 행동하자.
3초 생각을 무시한 행동은
자칫 평생 돌이킬 수 없는 실수를 유발한다.
3초 생각은 지혜를 일깨우는 길잡이다.

좋은 생각과 행동은 결코 나쁜 결과를 낳을 수 없다. 나쁜 생각과 행동은 결코 좋은 결과를 낳을 수 없다.

_제임스 엘런

036

스스로 돌이켜 보자

반성은 자신의 인성을 일깨워주는 깨달음이다.
하루하루 반성할 줄 아는 마음의 여유를 가져라!
평소와 달리 새롭다는 사실을 알게 된다.

에고이즘에 사로잡힌 사람은 반성을 두려워한다.
포용이 충만한 사람은 반성을 겁내지 않는다.
반성이 없는 사람은 비전도 없고 포부도 없다.
반성은 곧 자신의 과오에 대한 대사면이다.

자기를 반성하는 사람은 닥치는 일마다 약석이 되고, 남을 탓하는 사람은 생각하는 것마다 모두 창이 되고 칼이 되는지라.

_채근담

036

비어 있는 마음으로 사랑하라

비어 있는 마음은 집착이 없고 아집을 모른다.
사랑에도 비어 있는 마음이 필요하다.
있는 듯하면서도 없는 듯한
없는 듯하면서도 있는 듯한 마음으로
서로 이해하고 아낄 때
서로 의지하고 지켜줄 때
서로 배려하고 양보할 때
사랑은 무언으로 슬며시 다가온다.

빈 마음, 그것을 무심이라고 한다. 빈 마음이 곧 우리들의 본마음이다. 무엇인가 채워져 있으면 본마음이 아니다. 텅 비우고 있어야 거기에 울림이 있다. 울림이 있어야 삶이 신선하고 활기 있는 것이다.

_법정스님

037

방만한 인생을 살지 마라

인생은 한 편의 단막극이다.
무대의 주인공으로 살아가되 아무 생각 없이
허투루 낭비하거나 사치하지 마라.
함부로 탐하지 말고 취하지 마라.
제멋대로 생각하고 행동하지 마라.

그럴수록 더 짧아지거늘!
그럴수록 더 줄어들거늘!
그럴수록 더 얇아지거늘!
그럴수록 더 잃게 되거늘!

인생에는 두 가지 비극이 있다. 하나는 가슴이 원하는 것을 성취하지 못하는 것이다.
다른 하나는 가슴이 원하는 것을 성취하는 것이다.

_조지 버나드 쇼

부모는 만고불변의 진리이다

"자기 부모를 섬길 줄 모르는 사람과는 벗하지 말라.
그는 인간의 첫걸음을 벗어난 자이기 때문이다."
소크라테스의 말이다.

부모 없이 너와 나, 우리는 존재하지 않는다.
이 만고불변의 거룩한 진리를 깨달으며
삶을 살아가는 자식이 과연 얼마나 될까.
글쎄다.
몇 명이라도 있으면 다행 중의 다행이고
아예 없다면 비극 중의 비극이다.

어머니가 아버지보다 자식에 대해 더 깊은 애정을 갖는 이유는 어머니는 자식을 낳을 때의 고통을 겪기 때문에 자식이란 절대적으로 자기 것이라는 마음이 아버지보다 강하기 때문이다.

_아리스토텔레스

단순하고 검소하게 살라

삶을 살아가는 이유는 단순해야 한다.
복잡하고 번잡하고 화려하게 살면
온갖 갈등과 번뇌 속에 시달린다.
시끌벅적 요란 법석한 마음으로 살면
온갖 잡다한 소란만 부추기듯.

단순하고 검소하게 살라!
단순함 속에 삶의 진정한 지혜가 있고
검소함 속에 삶의 진정한 깨달음이 있거늘!

자기 자신을 위해서 박하게 대하는 것을 검소하다고 하며, 남에게 봉사하는 것이 박한 사람은 인색하다고 한다.

_가이바라 에겐

사랑하라, 아낌없이 주는 나무처럼

그대가 내 곁에 있음은 신이 주신 선물이며
그대가 나와 더불어 있음은 세상이 주는 축복이며
그대와 내가 함께 웃을 수 있음은 오늘의 행운이다.

내가 그대를 사랑함은 나의 재발견이며
내가 그대 안에 있음은 나의 미래이며
내가 그대를 알고 있음은 나의 자긍심이다.

오늘도 우리 서로 열심히 사랑하자!
모든 걸 아낌없이 내주는 나무처럼!

사랑한다는 것은 관심을 갖는 것이며, 존중하는 것이다. 사랑한다는 것은 책임감을 느끼는 것이며, 이해하는 것이고 사랑한다는 것은 주는 것이다.

_에리히 프롬

041

발이 두 개인 이유

둘을 따로 갈라놓으면 하나가 되지만
그 하나를 둘로 갈라놓으면
원래의 하나는 이상한 모양이 된다.

인간에게 두 개의 발이 있는 건
하나로는 불편하고 부자연스럽고 외로우니까
두 개가 하나인 것처럼
서로 의지하며 걸으라는 뜻이다.

영혼의 동반자를 지닌 사람은 삶의 빛과 의미를 마음껏 발산하면서 생명의 환희를 누릴 수 있다.

_법정스님

사랑의 고백은 아름다운 소통이다

사랑의 고백은 용기이다.
용기 없이 얻어지는 사랑은 없다.
사랑의 고백은 자기애다.
자신을 사랑하지 않으면 남을 사랑할 수 없다.
사랑의 아름다운 소통은 고백이다.
소통 없는 사랑은 의미 없는 사랑이다.

아직 고백하지 못한 사랑은 오늘 지금 당장 고백하자!
자신이 상상 그 이상으로 멋져 보일 것이다.

사랑이란 내가 원하는 이미지대로 당신이 변화되기를 바라는 것이 아니라 당신을 당신 자신으로 당신의 본질로 당신의 고유한 특성으로 당신 본래의 아름다움으로 당신 스스로 되돌아가도록 이끌어 주고자 하는 소망의 과정이다.

_레오 버스카글리아

048

지금은 가슴앓이 중

그대, 어떤 괴로움이기에 그리도 아파하는가?
많이 괴로워하라.
많이 아파하라.
괴로움도 한순간, 아픔도 한순간이거늘!
그대, 아는가?
가슴앓이가 끝나면
그만큼 성숙해져 있는 자신을 볼 수 있다는 사실을!
가슴앓이가 없는 세상은 사람 사는 세상이 아니다.

괴로움이 남기고 간 것을 맛보아라. 고통도 지나고 나면 달콤한 것이다.

_요한 볼프강 폰 괴테

입을 함부로 놀리지 마라

입을 함부로 놀리지 마라!
모든 재앙은 입에서 나온다.
한 번 내뱉은 말은 다시 담지 못하거늘!
모든 원망은 세 치 혀에서 나온다.
한 번 엎지른 물은 다시 주워 담지 못하거늘!

말이 많은 사람은 진실과 거짓의 경계가 없다.
말이 적은 사람은 진실만을 말한다.

입은 사람을 상하게 하는 도끼요, 혀는 말을 베는 칼이니 입을 막고 혀를 깊이 감추면 어느 곳에 있어도 편안한 것이다.

_명심보감

어리석음은 지혜를 시기하는 독소다

지혜는 보석보다 귀하고 빛난다.
지혜를 배척하는 뒤틀린 감정은 어리석음에서 나온다.
어리석음은 마음속 속됨이다.
마음속 속됨은 생각 속 잡념에서 자유롭지 못하다.
지혜로운 사람은 어리석음을 꾸짖지 않는다.

어리석은 사람은
자신이 왜 어리석은지조차도 모르는 청맹과니다.

만약 어리석은 사람이 자신의 어리석음을 깨닫는다면 그가 곧 슬기로운 사람이다. 그러나 어리석은 사람이 스스로 슬기롭다고 생각한다면 그것이야말로 진짜 어리석은 것이다.

_법구경

 016

일체유심조
一切唯心造

극락과 지옥은 우리 마음속에 있다.
그대, 내 마음이 극락이고 네 마음이 지옥이고,
오늘이 극락이고 내일이 지옥이라는 말에
기웃거리지 마라!
그대, 돈이 세상의 전부이고 인생의 전부라는 말에
현혹당하지 마라!
이 세상 온갖 선과 악, 번뇌와 망상, 부자와 가난,
미망과 망상이 다 공空이고 헛것이며
우리 마음속에 있거늘!

사람의 마음은 횃불에 비유된다. 횃불의 밑을 단단하게 붙들어 맨 후 불을 당기면 불빛이 강해지고 바람에도 비에도 꺼지지 않는다. 밑의 묶음이 풀려서 느슨해지면 다시금 불을 당겨도 불꽃이 약해지고 흐트러져서 꺼지게 된다.

_무로규소

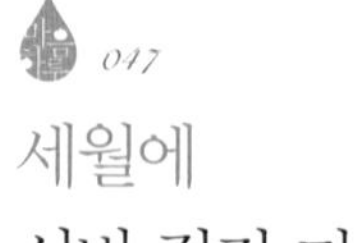

세월에
시비 걸지 마라

가는 세월 붙잡지 말고, 오는 세월 가로막지 마라!
한낱 덧없고 부질없는 아우성이고 몸부림이다.
그냥 그대로 가도록 내버려두라!
그냥 그대로 오도록 내버려두라!
가든지 말든지 오든지 말든지 그냥 놔두라!

어느 한곳에 오래 머물게 하고, 오래 붙들 수 있는
세월이라면 이 세상 온갖 진리와 진실은
하루아침에 갈팡질팡 뒤죽박죽이 되거늘!

순간들을 소중히 여기다 보면, 세월은 저절로 흘러간다.

_마리아 에지워스

048

미망에
사로잡히지 마라

그대, 미망의 감옥에 스스로 갇히지 마라!
없는 일을 있는 일처럼
없는 생각을 있는 생각처럼
없는 마음을 있는 마음처럼
없는 말을 있는 말처럼
그렇게 억지로 만들어 벗어나지 못한 채
갈팡질팡 좌충우돌 헤매지 마라!
모든 진실이 거짓과 환상으로 보일 수 있다.

마음은 잡기도 어려울뿐더러 가볍게 흔들리며 탐하는 대로 달아난다. 마음을 바로 잡는 일이 행복의 근원이다.

_법구경

황혼에 의연해지자

황혼이 오면 거울 속 자신을 마주하라!
살아온 삶의 연륜인 실개천 주름
살아온 삶의 훈장인 하얗게 센 흰머리
살아온 삶의 거울인 총기聰氣 가신 눈동자
살아온 삶의 단두대인 근기 없는 육신
이 모두가 아름다운 삶의 연륜이다.

어차피 한번은 굴려야 하는 황혼의 굴렁쇠라면
의연한 마음으로 담담한 마음으로
생의 마지막 순간까지 노래하며 즐기자.
황혼은 삶의 마지막 남은 축제이거늘!

먹는 나이는 거절할 수 없고, 흐르는 시간은 멈추게 할 수 없다. 생장과 소멸, 성하고 쇠함이 끝나면 다시 시작되어 끝이 없다.

_장자

새벽에 감사하고 또 감사하자

여명의 새벽에 감사하자.
그대, 늘 반복되는 새벽이라 해서 소홀히 하지 마라.
새벽이 없는 세상에 살고 있다면
이 얼마나 불행하고 끔찍한 일인가.
새벽은 모든 생명들이 온전하게 살아갈 수 있는
빛과 공기 그리고 영혼을 제공하는 신의 선물이다.

새벽은 부지런한 사람만이 누릴 수 있는
눈부신 축복이다.

새벽 5시에 일어나는 사람과 아침 7시에 일어나는 사람의 생활시간 차이는 양쪽이 같은 시간에 잔다고 할 때 40년 동안 2만 9천 시간의 차이가 난다. 침대에서 잠으로 허비하며 보내는 시간을 효과적으로 사용하면 인생은 더 즐겁고 의미 있는 것이 된다.

_윌리엄 첸버스

가끔 망각의 시간을 즐겨라

그대, 가끔 망각의 시간을 즐겨라!
생각하지 않음이
때로는 무심의 깨달음에 이르는 지름길이다.
그대, 가끔 망각의 자신을 사랑하라!
기억하지 않음이
때로는 자신의 존재를 확인하는 순간이다.
지금 당장 망각의 지우개로 기억의 편린들을 지우라!
그대는 새롭게 태어나는 신생아가 될 것이다.

우리들이 어려운 형편에 있을 때는 과거의 좋은 기억들을 회상한다는 것이 매우 유용한 일이 될 수 있지만, 좋은 형편에 있을 때는 나빴던 기억 따위가 매우 냉혹하고 불완전한 것이 된다는 것은 참으로 기묘한 사실이다.

_아르투르 쇼펜하우어

기도하는 일상이 되자

기도는 성스런 의식이다.
구원의 길을 열어주고
두려움을 벗어나는 용기를 주고
고통을 이겨낼 인내를 주고
비겁자가 되지 않는 지혜를 주고
용서하고 반성하는 기회를 주고
자비를 베풀 줄 아는 깨달음을 준다.
기도하는 일상은 자신에 대한 믿음이다.

나는 더 이상 어찌할 수 없는 막다른 골목에 도달했을 때내 지혜와 내 모든 지식으로도 도저히 어쩔 수 없다는 것을 알았지만 그러나 기도하면 된다는 강한 확신에 이끌려 내가 무릎을 꿇었던 적이 내 생애에 한두 번이 아니었다.

_에이브러햄 링컨

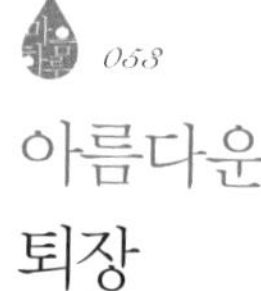

아름다운 퇴장

가을 낙엽은 가을의 침묵이다.
한 줌의 재로 스러진다 해도 시시비비를 모른다.

가을 낙엽은 계절의 부활이다.
다음 해에도 어김없이 환생한다.

가을 낙엽은 진정한 자유인이다.
무저항의 아우성을 아는 순교자이다.

가을 낙엽은 다음을 기약하는
아름다운 퇴장이다.

낙엽이 떨어져 땅 위로 뒹굴며 말합니다. 삶을 이루었노라고. 내가 떠나서 거름이 되어야 푸른 녹색 정원을 이룰 수 있다고.

_이채

 054

침묵에
감사하라

때로는 화려한 말보다 침묵을 가까이하라!
아상과 아집을 멀리하는 자신을 깨닫는다.

때로는 침묵으로 사람을 상대하라!
열 마디 말보다 효과 있는 설득이 된다.

무시로 침묵에 감사하라!
잠시 잃어버린 참나我를 되찾게 된다.

말을 제대로 못했던 것을 유감으로 생각한다면 침묵을 지키지 못했던 것에는 백 번이라도 후회를 해야 합니다.

_톨스토이

055

자기 얼굴을 그려보자

아침에 일어나 맨 먼저 해야 하는 일은
어제를 살면서 구겨지거나 찢어지거나
더럽혀졌을지도 모르는 거울 속 자기 얼굴을
다시 살펴보는 일이다.

그대, 이 세상에서 제일 소중한 얼굴은
자기 자신을 대변하고 변호하는 자기 얼굴이다.
얼굴은 자기소개서며 신용장이다.

당신이 만약 어떤 사람의 속마음을 알고자 한다면 그 사람의 얼굴 표정을 자세히 살펴보라. 그의 표정에는 그의 마음이 잘 나타나 있을 것이다.

_필립 체스터필드

영혼이 있는 삶을 살라

출구를 알 수 없는 미로 속을 헤매는 삶은
영혼이 없는 삶이다.
영혼이 없는 삶은 온갖 열정과 노력이 헛수고다.
고난과 시련을 이겨낼 수 있는 배짱이 있는 사람은
영혼이 있는 삶이다.
영혼이 있는 삶은 어제보다 오늘을
오늘보다 내일을 위해 최선을 다하는 삶이다.

돈 부족보다 더 큰 가난은 무식이라 불리는 가난이다. 대부분의 남자들과 여자들은 세상의 아름다움, 좋은 것, 그리고 영광들을 모르고 있다. 그들의 영혼은 빈약하다. 빈약한 지갑보다 더 고통스러운 것은 빈약한 영혼이다.

_토마스 드라이어

057

가을엔 시를 쓰고 읽고 낭송하자

가을엔 시 한 편을 써보자.
가을에 쓰는 시는 치유와 깨달음이다.
가을엔 시집 한 권을 가지고 다니자.
시집은 영혼의 양식이다.
가을엔 한 편의 시를 낭송하자.
시인이 된 양 감정이 풍부해진다.

시인은 가장 순수하고 정직한 언어의 마술사다.

시인이란 그 마음속에는 남이 알지 못하는 깊은 고뇌를 감추고 있으면서, 그 탄식과 비명이 아름다운 음악을 연주하면서 흘러나오게 되어 있는 입술을 가지고 있는 불행한 사람이다.

_키에르케고르

 058

오늘을 생의 마지막 날처럼 살자

그냥 분수껏 만족하며 살자.
그냥 뒤돌아보지 말고 살자.
그냥 아무에게도 상처주지 않을 것처럼 살자.
그냥 후회하지 않을 만큼만 살자.
그냥 벌어들인 만큼만 베풀면서 살자.
그냥 지금 이 순간이 생의 마지막 날처럼 살자.

무릇 인생이란 받아들이기 나름이며,
도전하기 나름이며, 마무리하기 나름이거늘!

인생을 살아가는 데는 오직 두 가지 방법밖에 없다. 하나는 아무것도 기적이 아닌 것처럼 다른 하나는 모든 것이 기적인 것처럼 살아가는 것이다.

_앨버트 아인슈타인

홀로서기를 즐겨라

홀로서기는 자신을 뒤돌아보는 자기 수행이다.
홀로서기는 무욕과 청빈이다.
홀로서기는 공空이고 열린 마음이다.
홀로서기는 침묵과 함께 하는 명상의 시간이다.
홀로서기는 잊고 있었던 소중한 그 무엇을 되찾는 자기 성찰이다.

홀로 있는 시간은 자신을 성장시키는 촉진제이다.

나는 혼자 있기를 좋아한다고 말한 적이 한 번도 없다. 나를 조용히 내버려 두라고만 말했을 뿐이다. 이 두 가지는 분명히 차이가 있다.

_그레타 가르보

060

사랑의 거리

늘 주기만 하는 사랑은 거리가 짧고
늘 받기만 하는 사랑은 거리가 길다.
늘 상처만 주는 사랑은 거리가 멀고
늘 기쁨만 주는 사랑은 거리가 가깝다.

너와 나, 우리의 사랑의 거리는
하나의 진실과 하나의 진심이 서로 통할 때
비로소 그 이유의 존재를 찾는다.
진정한 사랑의 거리는
너무 짧지도 길지도 않아야 하고
너무 멀지도 가깝지도 않아야 한다.

사랑의 고뇌처럼 달콤한 것은 없고, 사랑의 슬픔처럼 즐거운 것은 없고, 사랑의 괴로움처럼 기쁜 것은 없고, 사랑에 죽는 것처럼 행복한 일은 없다.

_모르쓰 아든트

061

탐욕은 모든 것을 잃게 하는 지름길이다

무욕의 거울 하나 마음에 품자.
세상의 온갖 기쁨과 행복이 자기 것이다.

무욕의 종鐘 하나 가슴에 달자.
세상의 온갖 탐욕의 소용돌이가 고요해진다.

무욕의 안경 하나 써보자.
세상의 온갖 깨달음이 또렷이 보인다.

욕심이 크면 그 욕심을 채우기 위한 걱정이 생긴다. 걱정이 심하면 병이 되며 병이 나면 정신이 흐려진다. 또한 정신이 흐려지면 생각이 옳지 못해 경거망동을 일삼게 된다.

_한비자

 062

사랑을 선불리 소유하려 들지 마라

사랑을 선불리 소유하려 들지 마라!
소유하려 들면 들수록 사랑은 저 멀리 달아난다.
소유를 위한 사랑은 절대 하지 마라!
소유하려 하면 할수록 사랑은 집착이 되기 쉽다.
집착을 동반한 사랑은
이기심과 아집의 발로일 뿐이다.

사랑은 서로 소유하는 것이 아니라
서로 나누어 갖는 것이다.

알맞은 정도라면 소유는 인간을 자유롭게 한다. 도를 넘어서면 소유가 주인이 되고 소유하는 자는 노예가 된다.
_프리드리히 니체

2

후회 없는 길을 가라

그대, 반드시 가야 하는 길을 가지 않는 것은
자신에 대한 배신과 굴욕이며,
가지 말아야 하는 길을 굳이 가는 것은
자신에 대한 불신과 만용이다.

 063

열린 마음으로
사랑하라

우리는 자기 자신을 먼저 사랑한 후에
그 누구를 사랑해야 한다.
자신을 사랑하지 않으면서
그 누구를 사랑한다는 건 이율배반이다.

그대, 그 누구를 저울질하는 사랑은 삼가야 한다.
저울질하는 순간, 그 누구에게 향한 사랑은
이미 사랑이 아니다.

미움과 갈등은 닫힌 마음일 때 기승을 부린다.
'우리'를 다시 '너와 나'로 돌아앉게 하는 건
닫힌 마음이 조장하는 미움과 갈등이다.

마음이 어둡고 산란할 때엔 가다듬을 줄 알아야 하고 마음이 긴장하고 딱딱할 때엔 놓아버릴 줄 알아야 한다. 그렇지 못하면 어두운 마음을 고칠지라도 흔들리는 마음이 다시 병들기 쉽다.

_채근담

애틋한 이심전심이 그리움이다

오늘, 사랑하는 그 누구에게 그리움의
문자 메시지를 보내보자.

'자기, 지금 무슨 생각해?'
'자기 생각.'
'정말? 고마워.'
'나도 고마워.'

그리움은 서로 주고받는 애틋한 이심전심이다.
애틋한 이심전심이 그리움이다.
그리움은 그리워할 때 가장 아름답다.

우리들이 진심으로 사랑하는 누군가를 두고서 또 다른 사랑을 한다는 것은 결코 있을 수 없는 일이다.

_작자 미상

황혼은 살아온 삶의 최후 변론이다

황혼에 주눅 들지 말고 흔쾌히 즐기자.
즐기는 가운데 황혼은 저만큼 비켜난다.
황혼은 삶의 마지막 담담한 여정이다.
온갖 미혹과 미망을 넘어 비로소
하늘의 뜻을 알게 되는 나이이니까.

황혼은 삶이 주는 명예로운 훈장이며
재도전의 마지막 기회이다.

늙은이란 절망의 이유가 아니라 희망의 근거이며, 천천히 쇠락하는 것이 아니라 점진적으로 성숙하는 것이며, 견디어 낼 운명이 아니라 기꺼이 받아들일 기회다.

_헨리 나우웬 & 월터 개프니

자신을 저울질하지 마라

그대, 과거의 자신에게 너무 연연하지 마라!
다 헛되고 부질없는 뜬구름이거늘.

그대, 현재의 자신에게 너무 집착하지 마라!
얻는 것보다 잃는 것이 많은 것이거늘.

그대, 미래의 자신에게 너무 자만하지 마라!
선지자先知者가 아닌 다음에야 장담할 수 없거늘.

나의 인생은 긴 장애물 경주의 코스로 보이며 그 장애물 가운데 가장 큰 것은 바로 나다.

_잭파아

067

기쁨의 삶을 살자

기쁨이 충만한 하루가 되자.

온갖 오해와 갈등, 시기와 반목이 돌아앉는다.

기쁨이 가득한 얼굴로 인사를 하자.

만나는 사람 얼굴마다 기쁨이 흘러넘친다.

기뻐하는 마음으로 자신을 불러내자.

온갖 시름과 슬픔이 자취를 감춘다.

기뻐하는 마음으로 자신을 많이 사랑하자.

자신을 사랑하는 삶이 기쁨의 삶이다.

기쁨 없이 사는 것은 그저 삶을 소모하는 것이다. 기쁨에 들떠 가벼이 승낙하지 말고 술 취한 기분에 성내지 마라. 유쾌함에 들떠 일을 많이 벌이지 말고 고달프다 하여 끝나기 전에 그치지 말지니라.

_채근담

068

인연은 절반과
절반의 만남이다

한 번 맺은 인연은 서로 힘껏 끌어안자.
자신 혼자 끌어안고 가는 인연은 자칫 아집과 집착
그리고 독선으로 흐르기 쉽다.
오늘의 만남이 인연이라 자부한다면
인생의 절반은 성공한 셈이다.
남은 절반은 다정다감하게 살아가면서 만들어가자.
세상에 처음부터 백 퍼센트 완전한 인연은 없다.

상대방을 향해서 끊임없이 사랑을 보여주십시오. 그가 내 안으로 들어오는 것이 아니라 내가 나를 버리고 그 사람 안으로 들어가는 것, 이것이 바로 하나가 되는 사랑이니까요.

_아리스토텔레스

069

미움은 사랑에 대한 이기심이다

사랑은 두 개의 얼굴이다.
오늘의 사랑이 내일의 미움으로 변하면
하나 됨은 다시 둘로 떨어진다.
오늘의 미움이 내일의 사랑으로 변하면
둘은 다시 하나 됨이 된다.
그러니 아무 이유 없이 함부로 섣불리
사랑과 미움을 저울질하지 마라!
사랑과 미움,
둘 다 변덕과 질투가 심한 감정의 동물이다.

우리가 사람을 미워하는 경우, 그것은 단지 그의 모습을 빌려서 자신의 속에 있는 무엇인가를 미워하는 것이다. 자신의 속에 없는 것은 절대로 자기를 흥분시키지 않는다.

_헤르만 헤세

070

자식의 지상 과제는 효도이다

그대, 말로만 번지르르 행하는 효도는 삼가라!
안 하느니만 못하거늘!
그대, 재물로 부모의 환심을 사려 하지 마라!
있다가도 없는 것이 재물이거늘!
그대, 부모 앞에서 형제간에 다투지 마라!
어느 자식 편도 들 수 없는 것이 부모의 사랑이거늘!

효도하지 않는 자는 자식이기를 포기한 자다.

효도하고 순한 사람은 또한 효도하고 순한 자식을 나을 것이며, 오역한 사람은 또한 오역하는 자식을 낳을 것이다. 믿지 못하겠거든 처마 밑의 낙수를 보라. 방울방울 떨어져 내림이 한 치의 어긋남이 없느니라. 효는 효를 부르고, 불효는 불효를 부른다.

_명심보감

 071

돌아앉거나 돌아눕지 마라

부부는 서로 떼어놓을 수 없는 불가분의 관계이다.
그러니 억지로 나누려 하지 마라!
함부로 갈라놓으려 하지도 마라!
그리고 아무 이유 없이 돌아앉거나
아무 생각 없이 돌아눕지도 마라!
돌아앉음은 서로에게 관심이 없음이며
돌아누움은 서로에게 정이 없음이거늘!

부부라는 것은 쇠사슬에 같이 묶인 죄인이다. 때문에 발을 맞추어서 걷지 않으면 안 된다.

_막심 고리키

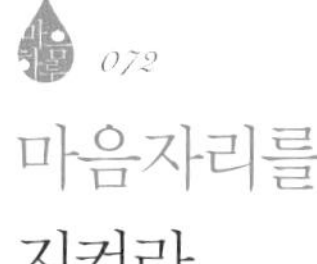

마음자리를 지켜라

그대, 부재중인 삶을 살지 마라!
지키고 있어야 할 마음자리에서 떨어져 나가지 마라!
자신 스스로 부재중인 삶은
삶의 진리와 진실을 찾아 나서는 모색의 길이 아니라
삶의 모순을 쫓아가는 퇴행의 길이다.
있어야 할 제 마음자리를 굳건하게 지키는 건
자존감을 지키는 지혜이다.

겉으로 보기에 삶은 모순으로 가득 차 있다. 모순 뒤에 숨어 있는 질서를 발견할 때 비로소 삶은 참으로 아름다워진다.

_이드리스 샤흐

깨달음으로 번뇌와 망상을 죽여라

산사에서 울리는 청아한 법고 소리는
세속의 온갖 망상과 번뇌를 씻겨주는 깨달음의 소리다.
혼탁한 마음이 그지없이 고요해지고
혼미한 정신은 하염없이 맑아진다.

그대, 묵상默想에 자신을 던져보라!
세상을 바로 볼 수 있는 혜안을 얻는다.
그리고 머리가 아닌 마음으로 물으라.
"나는 누구냐?"
그리고 마음으로 답하라.
"나는 나일 뿐이다."

마음을 깨닫는 공부는 곧 마음을 다하는 속에 있나니, 반드시 욕심을 끊어 마음을 식은 재처럼 해야 하는 것이다.

_채근담

074

때로는
미친 척하라

때로는 순진한 바보가 되자.

어리석은 천재보다는 현명한 바보가 행복일 수 있다.

때로는 단순해지자.

복잡한 것일수록 의외로 단순한 법이다.

때로는 그냥 모른 척하자.

모른 척한다고 해서 허물이 되지 않는다.

때로는 그냥 못 본 척하자.

못 본 척한다고 죄가 되는 건 아니다.

때로는 그냥 못 들은 척하자.

못 들은 척한다고 알아듣지 못하는 건 아니다.

변화에서 가장 힘든 것은 새로운 것을 생각해내는 것이 아니라 이전에 가지고 있던 틀에서 벗어나는 것이다.

_존 메이너드 케인즈

076

황혼의 나이에 세상을 보면

황혼의 나이에 세상을 보면
더 사랑할 것도 없는
더 미워할 것도 없는
더 가질 것도 없는
더 줄 것도 없는
더 비울 것도 없는
더 버릴 것도 없는
더 내려놓을 것도 없는
더 지울 것도 없는 공空임을 알게 된다.

나이를 먹을수록 세상을 바라보는 분별력과 삶에 대한 애착이 깊어지는 것이다.

_발타자르 그라시안

 076

그리움은
아름다운 기억이다

지금 그리움의 대상이 있다면 많이 그리워하자.
그리움의 끈을 놓아버리는 순간
그리움은 기억이 아닌 추억이 된다.
색 바랜 회상으로 보상 받는 추억보다는
지금 이 순간을 있게 하는 기억이 아름답다.

그대, 그리움을 많이 그리워하자.
나름의 절제와 통제로 많이 그리워하자.
지나친 집착이 끌어당기는 그리움은
자칫 스토커로 오해 받는다.

기억은 때때로 양끝이 가까워졌다가 때때로 서로 떨어지는 아코디언과 같다.

_한스 하베

077

황혼은 인생의 마지막 아름다운 특권이다

황혼의 나이를 두려워 마라!
나이는 한낱 숫자에 지나지 않을 뿐이다.
황혼의 얼굴을 외면하지 마라!
나이테가 많은 나무일수록 효용가치가 높다.
황혼의 육신에 한숨 쉬지 마라!
맛깔나는 된장국이 제맛을 내는 비결은
묵은 된장에 있다.
황혼은 인생의 마지막 아름다운 특권이거늘!

늙음은 우리들의 얼굴보다는 우리들의 마음에 주름을 만든다.

_몽테뉴

 078

칭찬은 자신감의 비타민이다

오늘은 자신에게 찬사를 보내자.
수고의 감사장과 함께.
오늘은 자신을 더 높이 칭송하자.
감사의 훈장을 달아주면서.
오늘은 환하게 웃으며 양 어깨를 우쭐해보자.
내가 최고라는 자부심과 함께.
오늘은 자신에게 칭찬을 하자.
삶의 주인공은 바로 나라는 말과 함께.
세상에 자기 자신의 삶을 대신 살아주는 삶은
그 어디에도 없거늘!

칭찬은 받는 사람에 따라 효과가 다르다. 칭찬은 현명한 사람을 겸손하게 하고 어리석을 자를 거만하게 만든다.

_오헨 펠담

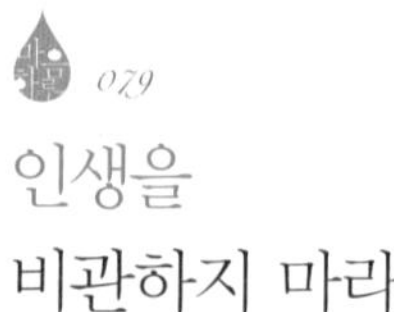

인생을 비관하지 마라

그대, 인생을 비관하지 마라!

세상에 하찮고 부질없는 인생을 살고 싶은 사람은

아무도 없다.

인생을 가혹한 형벌이라 생각하지 마라!

절망과 실의를 담보로 살고 싶은 사람은 아무도 없다.

단 하루를 살더라도 밑지는 인생을 살아간다는

생각은 추호도 하지 마라!

오르막길이 있으면 내리막길이 있기 마련인 것이

세상사 이치이며 진리이거늘!

인생이 있어서 잘못 알고 있는 것 중의 하나는 현재가결정적으로 중요한 시기가 아니라고 여기는 것이다. 매일 매일이 최고의 날이라는 것을 마음속 깊숙이 새겨라. 돈이 많다고 잘 사는 게 아니라 바로 그날을 충실하게 즐기는 사람이 잘 사는 사람이다.

_랠프 왈도 에머슨

미소는 행복의 보증수표다

늘 환하게 웃는 미소 띤 얼굴로 사람을 만나라!
웃는 얼굴은 그 사람의 신용이며 신뢰다.
짬짬이 거울을 보며 웃는 연습을 하라!
웃는 얼굴은 그 사람의 진정성이다.
오늘부터 아침, 점심, 저녁 세 번
환하게 웃는 얼굴을 하자!
복된 하루를 짓는 자신을 볼 수 있다.
미소 띤 얼굴은 사람과 사람을 가까워지게 하는
상호간의 매력이다.

미소는 주는 사람을 가난하게 하지 않으면서도 받는 사람을 넉넉하게 해준다. 그것은 아주 짧은 순간에 일어나지만 그 기억이 때론 영원할 수 있다. 미소는 가정에서 행복을 만들고, 비즈니스에는 호의를 키우고 우호적임을 확인시킨다.

_켄 블룸

081

삶의 채무는 그대로 두라

인생을 살아오면서 미처 비우지 못하고
내려놓지 못한 삶의 채무는 누구나에게 다 있다.
그 채무, 비우고 내려놓고 싶어도 웬걸,
비우고 내려놓을 수 없다.
그냥 이대로 그냥 그대로 짊어지고 있자.
비우고 싶어도 비울 수 없고,
내려놓고 싶어도 내려놓을 수 없고,
탕감 받고 싶어도 탕감 받을 수 없는 것이
삶의 채무이니까!

인간이란 거죽 옷 입고 태어나 선택한 삶의 무게가
살아가면서 갚아야 하는 삶의 채무이거늘!

갈대는 누가 가꾸지 않아도 살아있다. 혼자 산다. 거센 바람과 비와 눈보라를 겪지만 그는 죽지 않는다. 쓰러져도 다시 살아나는 것이다.

_펄벅

082

친구는 가려 사귀어라

진정한 친구끼리는 금전적 거래를 하지 않는다.
정신적인 거래를 할 수 있는 친구를 사귀어라.

돈으로 선심을 베푸는 친구는 경계하라.
돈에 예속된 친구는 우정이 돈으로 보인다.

음식을 가려 먹듯 친구도 가려 사귀어라.
무작위로 사귄 친구는 진정성을 알 수 없다.

참된 우정은 앞과 뒤가 같다. 앞은 장미로 보이고 뒤는 가시로 보이는 것이 아니다. 그러므로 참다운 우정은 삶의 마지막 날까지 변하지 않는다.

_류카이르

083

사랑은 미움을 통해 성장한다

사랑은 미움을 통해 성장하고,
미움은 사랑을 통해 깨달음을 얻는다.
그대, 그냥 사랑도 하고, 그냥 미워도 하라!
다만, 사랑을 하면서 미워하지 말고,
미워하면서 사랑하지는 마라.

사랑과 미움은 서로 마주 볼 수는 없지만
떨어져 있을 수도 없는 불가분의 관계다.
우리의 손등과 손바닥처럼.

내가 남을 사랑하면 남도 나를 사랑할 것이다. 내가 남을 미워하면 남도 나를 미워한다. 남에게 사랑받기를 원하고 미움 받기를 싫어하거든 내가 먼저 사랑을 베풀어라.

_서경보

 084

구애는 사랑의 간절한 소망이다

구애는 순수한 감정의 표현이어야 한다.
조건부 구애는 사랑을 흥정의 대상으로 아는
장사치의 속된 근성이다.
진정한 구애는 저울에 달 수 없는,
결코 달아서도 안 되는 무욕의 얼굴이다.
구애와 구걸을 혼동하지 마라!
구애는 최고의 사랑을 사고 싶은 순수한 마음이지만
구걸은 최소한의 자존심조차 팔아버리는 덤핑이다.

누구로부터도 사랑을 받지 못함은 커다란 고통이다. 누구도 사랑하지 못하는 것은 삶의 가운데서의 죽음이다.

_그륀 베르크

085

아름다운 추억을 회상하라

그대, 틈틈이 아름다운 추억의 문을 노크하라!
한때나마 즐거웠던 자신을 볼 수 있다.
그리고 문을 열고 안으로 들어가라!
현재의 자신이 얼마나 행복한지 알게 된다.
다시 문을 닫고 밖으로 나오라!
미래의 자신이 얼마나 소중한지 알게 된다.

아름다운 추억은 회상하는 것만으로도 더없는 행복이다.

아름다운 추억은 매우 귀중하다. 불미스런 추억은 백해무익이다. 우리 마음속에 있는 불미스러운 추억은 사무실에 방치되어 있는 쓰레기와 같은 것이다.

_알렉산드 고데

 *086*

행복은 기다림이 아닌 찾아 나섬이다

행복은
기다린다고 성큼 오는 것이 아니다.
간절히 원한다고 해서 냉큼 나타나지 않는다.
행복은
아무나에게 함부로 약속을 하지 않는다.
정녕 행복해지고 싶으냐고 묻지도 않는다.
행복은
남이 주는 것이 아니다.
자신 스스로 찾아 나서 만들어가는 것이다.

행복은 자기 자신이 추구하는 최고의 이상향이다.

행복을 자기 자신 이외의 것에서 발견하려고 바라는 사람은 잘못이다.
_톨스토이

087

자기 자신을 초대하라

그대, 오늘은 자기 자신을 초대하라!
마음속 깊이 자기 이름 석 자를 나직이 부르면서.
그리고 커피 한 잔, 담배 한 대로 대화를 나누라.
무슨 말이든 그냥 해버려라.
그러다 자신이 웃으면 그냥 따라 웃고
자신이 울면 그냥 따라 울어라.
그런 다음 힘주어 다독거려 주어라!
"오늘도 수고 많았지?"
"내일도 잘 부탁해!"

이상은 우리 자신 속에 있다. 동시에 이상의 현실을 저해하는 모든 장애도 또한 우리들 자신 속에 있다.

_칼라일

088

베푸는 삶을 살자

베풂의 삶은 구름 한 점 없는 청명한 하늘이다.
탐욕으로 찌든 삶은 먹장구름 잿빛 하늘이다.

베풂의 삶은 평안한 삶이다.
탐욕의 삶은 근심거리 삶이다.

베풂의 삶은 자아성찰의 근간이다.
탐욕의 삶은 자아실종의 원인이다.

우리의 삶 자체는 빌려주는 것이 아니라
언젠가는 갚아야 하는 것이다.

내 것이라고 집착하는 마음이 갖가지 괴로움을 일으키는근본이 된다. 온갖 것에 대하여 취하려는 생각을 하지 않으면 훗날 마음이 편안하며 마침내 버릴 근심이 없어진다.

_화엄경

089

사랑은 교집합이다

참된 사랑은
자신의 치수에 맞게
함부로 재거나 무턱대고 자르는 대상이 아니다.
참된 사랑은
제 몸에 맞추는 게 아니라
연인의 정신과 영혼에 자신을 맞추는 성스런 의식이다.
참된 사랑은
서로의 무한 책임과 무한 의무가
한데 어우러지는 교집합이다.

우리만 사랑할 수 있고, 그 누구도 우리만큼 사랑할 수 없었으며, 이후에도 우리만큼 사랑할 수 없다는 믿음이 생기면 진정한 사랑의 계절이 찾아오게 됩니다.

_요한 볼프강 폰 괴테

부부 7계명

부부는 서로에 대한 간섭이 아닌 포용이다.

부부는 서로에 대한 믿음과 배려이다.

부부는 서로 모자라는 부분을 채워주는 도반이다.

부부는 서로에게 베푸는 희생과 헌신이다.

부부는 서로의 진실과 순수함의 공통분모이다.

부부는 서로에 대한 이해와 교감의 주체다.

부부는 서로 평생 동고동락하는 반려자이다.

부부가 진정으로 서로 사랑하고 있으면 칼날 폭만큼의침대에서도 잠잘 수 있지만, 서로 반목하기 시작하면 10미터나 폭이 넓은 침대라도 너무 좁아진다.

_탈무드

슬픔은 한순간의 불청객이다

그대, 이 세상에 극복할 수 없는 슬픔은 없다.
극복할 수 없는 슬픔이 있다면
그것은 자신의 의지가 약하기 때문이다.
그대, 슬픔은 기쁨의 적이 아니라 친구이다.
슬픔의 순간을 겪어 본 사람만이 기쁨의 순간이
얼마나 소중한지 알게 되는 법이다.

그대, 슬픔에 오래 빠지지는 마라!
빠지면 빠질수록 헤어나지 못하는 게 슬픔이거늘!

슬픔은 한순간의 고통이다. 슬픔에 잠겨 벗어나지 못함은 인생의 큰 낭비이다.

_디즈레일리

092

사랑이란 두 글자는

사랑이란 두 글자는
매우 짧고 간결하지만 그 두 글자 속에는
세상에서 제일 아름답고, 제일 고귀하고,
제일 신비하고, 제일 소중한 의미가 담겨 있다.
그 어떤 아픔도, 그 어떤 두려움도,
그 어떤 미움도, 그 어떤 갈등도, 그 어떤 슬픔도
사랑이란 두 글자 앞에서는 눈 녹듯 녹는다.

사랑은 세상에서 제일가는 영약이며 묘약이다.

낱말 하나가 삶의 모든 무게와 고통에서 우리를 해방시킨다. 그 말은 사랑이다.
_소포클레스

093

사랑은 마력, 기쁨, 축복이다

사랑은 겉모습이 그다지 중요하지 않다.
겉모습이 화려한 사랑은
찰나의 눈요기의 즐거움일 뿐이다.
진정한 사랑은 내면의 아름다움에 있다.
내면과 내면의 아름다움이 교감을 이루는 사랑은
더할 나위 없는 마력이고 기쁨이고 축복이다.

내면에서 진정으로 우러나는 사랑이 진짜 사랑이다.

사랑이란 마술사는 두 사람이 서로 다른 방향으로 걷고 있더라도 항상 나란히 걷고 있는 것처럼 느끼게 해주는 것이다.

_휴 퍼레이더

후회 없는 길을 가라

그대, 어느 길을 가야 하느냐 하는 선택은
자기 몫이며 자기 소관이다.
하지만 자기 몫이고 소관이라 해서 아무 고민 없이
섣불리 선택하지 마라.
자기 나름의 주관과 소신 그리고 의지를 무시한 선택은
자칫 강요가 될 수 있다.

그대, 반드시 가야 하는 길을 가지 않는 것은
자신에 대한 배신과 굴욕이며,
가지 말아야 하는 길을 굳이 가는 것은
자신에 대한 불신과 만용이다.

결코 후회하지 말 것, 뒤돌아보지 말 것을 인생의 규칙으로 삼아라. 후회는 쓸데없는 기운의 낭비이며, 후회로는 아무것도 이룰 수가 없다. 단지 정체만 있을 뿐이다.

_캐서린 맨서필드

095

작은 생각, 소소한 일을 소홀히 하지 마라

하나의 성공과 성취는 작은 생각과 소소한 일이
하나씩 하나씩 쌓여가는 가운데 만들어진다.
그 아무리 하찮은 생각이라 해도,
그 아무리 변변찮은 소소한 일이라 해도
아무런 생각과 아무런 일을 하지 않고서는
어느 것도 이룰 수 없는 것이 인간이다.

그대, 결단력이 실종된 우유부단한 생각과
오늘 할 일을 내일로 미루는 나쁜 습관은 과감히 버려라!

남이 나를 속인다고 생각하지 마라. 사람은 늘 자기가 속이고 있는 것이다. 그대의 생각이 일부러 올바른 중심을 벗어나서 자기를 괴롭히고 있는 것이다.

_요한 볼프강 폰 괴테

096

자신과의 약속은
반드시 지켜라

그냥 머릿속에만 고이 저장되어 있는,
실행이 따르지 않는 약속은 이미 약속이 아닌
구두선口頭禪에 지나지 않는 허울뿐인 약속이다.
반드시 지키겠다는 의지와 노력 그리고 행동이 없이는
그 어떤 약속도 유효하지 않다.

그대, 자신과의 약속을 소홀히 하는 사람은
삶의 균형과 중심을 제대로 잡을 수 없는
절름발이 사고의 소유자 그 이상 이하도 아니다.

아무리 보잘것없는 것이라 하더라도 한 번 약속한 일은 상대방이 감탄할 정도로 정확하게 지켜야 한다. 신용과 체면도 중요하지만 약속을 어기면 그만큼 서로의 믿음이 약해진다. 그러므로 약속은 꼭 지켜야 한다.

_데일 카네기

097

늘 행복하다는 생각을 하라

그대, 참된 행복이란 물질적인 욕망에 연연하지 않는
정신적인 풍요로움이 이루어내는 만족에 있다.
행복은 자신의 정신과 마음이 다른 사람보다
참되고 순수할 때 비로소 자기 것이 된다.

그대, 로또복권 당첨처럼 단번에 일확천금의 요행을
바라는 마음으로 행복을 규정하면,
그 행복은 이미 유통기한이 지난 불량식품이다.

그대, 늘 행복하다는 생각을 하라!
우리가 진정으로 바라는 진실한 행복은
가까이도 멀리도 아닌 바로 자기 마음속에 있거늘!

행복이란 넘치는 것과 부족한 것의 중간쯤의 간이역이다. 사람들은 너무 빨리 지나치기 때문에 이 작은 역을 보지 못한 채 지나간다.

_C. 폴록

098

허울뿐인 동정은 삼가라

동정심은 너와 나, 우리 모두가 서로 하나의
동등한 인격체로 서로 대우받고 대우받는
진심 어린 마음에서 우러나야 한다.
겉치레 동정은 삼가라!
허울뿐인 겉치레 동정은 그 사람을
두 번 불행하게 만드는 경우가 될 수 있다.
나 아닌 다른 사람의 불행을 아무 생각 없이
무턱대로 저울질하는 것은 바람직하지 않을뿐더러
결코 옳은 일이 아니다.

동정심에 의해서 우리는 타인의 불행을 자신의 것처럼 아파한다. 우리들은 그렇게 해서 남을 구제하는 것이 바로 우리들 자신을 구제되는 것으로 믿게 되는 것이다.

_토마스 브라운

눈에 보이는 결과에 집착하지 마라

눈에 훤히 보이는 결과만을 맹목적으로 추종하는
사람은 과거 지향적인 사람이며,
반면에 어느 한순간도 원인과 과정을 허투루
다루지 않고 중요시하는 사람은
모든 일에 최선을 다하는 미래 지향적인 사람이다.

그대, 눈에 보이는 결과에 집착하지 마라!
결과에 집착하면 할수록 원인과 과정은 희석되고,
진작 바라는 결과는 엉뚱한 방향으로 뒤틀린다.

집착만큼 우리의 삶을 오랫동안 병들게 하는 것은 없다.
_아르투어 쇼펜하우어

 100

소외는
자기 탓이다

이기적이고 이중적인 본성에 집착하는 사람일수록
주위에서 꺼리며 따돌림을 당하는 소외감을
자신 스스로 불러들인다.

그대, 소외를 남의 탓으로 돌리지 마라!
소외감을 조장하는 그 어떤 말과 행동은 삼가라!
자신도 언젠가는 다른 사람으로부터 알게 모르게
자신의 의지와는 상관없이 소외될 수 있다.
소외는 자신의 생각과 말 그리고 감정과 행동에
책임을 질 수 없을 때 느끼게 되는 정신적 유배이거늘!

만일 사람이 인생을 살아가는 동안 교우관계를 맺지 않는다면 그는 곧 스스로 외톨이가 되어 있는 것을 발견할 것이다. 사람은 자기의 교우관계를 항상 개선해야만 하는 것이다.

_S. 존슨

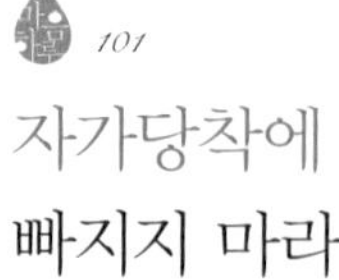

자가당착에 빠지지 마라

자신의 존재 이유를 인정하는 긍정적 사고는
결코 자신을 배신하지 않는다.
반면에 자신의 존재 이유를 의심하는 부정적 사고는
자기 핑계이며 자기 변명이다.
부정적 사고의 소유자는 과거에 연연하면 할수록
헤어날 수 없는 딜레마에 빠지기 마련이고,
현재에 민감하면 할수록 현실에 안주하기 마련이고,
미래에 목을 매면 맬수록 말이나 행동이
앞뒤가 맞지 않고 스스로 모순에 빠지는
자가당착에 사로잡히기 마련이다.

긍정적으로 생각하라. 원하는 것을 마음속 깊이 생각하고 또 생각하면 그 바람은 어김없이 현실로 나타난다. 원치 않는 것을 떠올리지 말고 갖고 싶은 것, 하고 싶은 것을 생각하라.

_앤드류 매튜스

자율과 통제를 컨트롤하라

하나의 생각과 감정을 자유롭게 표현하지 못하면
머릿속에 잠재해 있는 창조력은 어느 순간
시멘트처럼 딱딱하게 굳어져 버리고 말 것이며,
하나의 행위를 하지 못하게 막는다면
소극적인 소심함으로 인하여 자신도 모르게
매사에 무기력해지기 쉽다.
그대, 나름의 자율과 통제로 표현을 컨트롤하라!
원만한 대인관계는 표현의 여하에 따라 좌우된다.

자제심이란 인간의 기질과는 상반되는 것일지도 모르지만 자기 억제가 안 되는 사람은 결국 자기의 묘 구덩이를 스스로 파게 될 것이다.

_마야 마네스

108

운명은 즐기기 나름이다

그대, 운명이란 녀석은 억지로 떼버릴 수도 없는
족쇄와 같은 것이다.
몸부림을 치면 칠수록 생살을 파고드는 옥죔으로
맞서는 고약한 속성덩어리다.

그대, 피할 수 없는 운명은 차라리 즐겨라!
즐기다 보면 보람 있는 삶을 살아갈 수 있는
비상구 하나쯤은 열어준다.
그대, 아는가?
자신의 운명은 어느 누구도 가타부타하거나
시시비비를 따지며 개입하거나 간섭할 수 없다는 사실을!

운명은 사람을 차별하지 않는다. 사실 자신이 운명을 무겁게 느끼기도 하고 가볍게 여기기도 할 따름이다. 운명이 무거운 것이 아니라 자신 자신이 약한 것이다. 연약한 사람은 언제나 운명이란 바퀴에 깔리고 마는 것이다.

_루키우스 안나이우스 세네카

104

작은 배움 하나라도
놓치지 마라

그 아무리 하루하루 나이를 먹어간다 해도
작은 배움 하나라도 놓쳐서는 안 된다.
그대, 결코 소홀히 해서도 안 되고,
결코 멈추어서도 안 된다.
하나의 작은 배움에는
나이가 적고 많음의 구분이 있을 수 없으며
늙고 젊음의 차별 또한 있을 수 없다.

배움에는 내일이 없는 법이거늘!

오늘 배우지 아니하고서 내일이 있다고 말하지 말며, 올해에 배우지 아니하고서 내년이 있다고 말하지 말라. 날과 달은 흐르니 세월은 나를 위해서 더디 가지 않는다.

_명심보감

105

스스로 자신을 속박하지 마라

그대, 자신 스스로 속박의 사슬로 자신을 옥죄지 마라!
옥죄면 옥죌수록 인간으로서 추구하고자 하는
진정한 자유는 사막의 신기루처럼 요원해진다.

그대, 속박은 또 다른 속박을 불러온다는 사실을
경계하고 경계하라!
자의든 타의든 한 번 속박에 길들여지면
진정한 자유를 생각하고 누릴 수 있는 시간은
그만큼 짧아지고 줄어들거늘!

자유가 자신의 속박을 잃을 때는 그 자체가 큰 자유의 속박이 된다.

_칼릴 지브란

106

미망과 광신을 경계하라

미망은 자신도 모르게 건강한 정신세계를
병들게 하는 주범이며,
광신은 흔들림 없는 정체성과 주체성을
혼란에 빠지게 하는 현행범이다.

그대, 평정심을 일깨우는 정신일도精神一到로
미망과 광신에서 벗어나라!
미망과 광신은 자칫 자신을 미혹의 늪에 빠지게 하고
종국에는 정신적 파탄의 지경에까지 내모는
악성 바이러스와 다름없다.

사람은 부족함을 깊이 깨달으면 깨달을수록 좋다. 그것이야말로 행복의 출발이다.

_빌리 그레이엄

107

어설픈 주관적 잣대로 비교하지 마라

자신에게 단점과 결점이 많은 사람일수록
남을 평가하는 데 집착하기 마련이다.
선의든 악의든 자신의 주관적 평가가
다른 사람을 저울질하는 기준이 되어서는 안 된다.

그대, 자기 기준에 맞추어 비교하는 심리는 삼가라!
인간은 누구나 자신 스스로 자신의 존재를
가치 없는 존재로 여기고 삶을 살아가는 사람은
이 세상에 없는 법이거늘!

자기와 다른 사람을 비교하며 누가 우위인지를 끊임없이 신경 쓰는 사람은 여유 있는 기분으로 살 수 없다.

_요제프 칼슈너

스스로 고립을 끌어당기지 마라

그대, 삶을 살아가는 동안 자신이 스스로 선택한
생각과 행동에 만족하라!
단, 스스로 고립을 자초하는
어리석고 사리에 어두운 언행을 삼가는 것이
하루하루를 지혜롭게 살아가는 한 방편이다.

인간은 서로 더불어 살아가야 하는 사회적 동물이라
굴레 속에서 싫든 좋든 존립할 수밖에 없는 존재이다.
서로 하나의 버팀목이 되어 의지하고 있는 모양의
한자漢字, 사람 인人처럼.

성공을 위해서는 이기적일 필요가 있다. 그렇지 않고서는 어떤 것도 성취할 수 없다. 최고 수준에 올라가면 이기적이지 않아야 한다. 다른 사람들과 가까이 하라. 교류하며 지내라. 고립되지 말아라.

_마이클 조던

헌신과 희생은 자발적으로 하라

헌신과 희생을 자신 스스로가 즐거워해야 한다.
즐거움이란 자신 스스로 행한 일을 통하여
나름의 행복과 만족을 느끼는 감정이다.

그대, 헌신과 희생은 자발적이어야 한다.
헌신과 희생을 막연히 감당하기 어렵다거나
번거롭고 고된 일로 받아들이거나
두려운 일로 생각하면 자발적인 헌신과 희생은
아무 의미도 아무 가치도 없다.

원만한 가정은 상호간의 희생 없이는 절대 영위되지 못한다. 이 희생은 그것을 실행하는 사람을 위대하게 하며 아름답게 한다.

_앙드레 지드

 110

지나친 의문은 삼가라

도를 넘는 지나친 의문은 자신과 관계되는 모든 것을
파괴하고 싶어 하는 과격한 속성을 가지고 있는
정신적 장애와 다름없다.

그대, 지나친 의문은 삼가라!
지나친 의문은 다른 사람의 생각 속에 들어 있는
올바른 이해조차도 자칫 오해로 보인다.
단, 의문 그 자체에는 의심을 하지 마라!
의문은 의문일 뿐이니까.

의문을 소중히 하라. 그것은 상식의 오류를 깨뜨리고 진리를 발견하는 기폭제인 것이다.

_우메하라 다케시

지나친 겸손으로 자신을 폄하하지 마라

지나친 겸손은 도덕적으로 바르고 아름다운
미덕이 아니라, 자신의 정체성을 부정하는 장애요인이다.
자신을 낮추는 겸손은 항상 바람직하거나
반드시 좋은 것만은 아니다.

그대, 겸손할 때와 그렇지 않을 때를 냉철하게 구분하라!
주어진 상황에 상관없이 지나치게 자신을 낮추는 행위는
오히려 위선으로 보일 수 있다.

겸손하지 못하는 사람은 언제나 타인을 비난한다. 그런 사람은 오직 타인의 그릇된 것만을 인정한다. 그럼으로써 자신의 욕망과 죄는 점점 더 커지는 것이다.

_톨스토이

당당하고 떳떳한 실패는 자주 하라

실패를 두려워하는 것은 자신에 대한 불신이며,
재도전을 스스로 박탈하는 소아적 발상이다.
성공은 실패라는 구속에서 자유롭지 못하다.
실패를 경험해보지 않고는 성공 또한
기대할 수 없는 것이 세상사 이치이거늘!
실패를 통하여 성공을 위한 재도전의 깨달음과
나름의 지혜를 얻을 수 있다면 그건 실패가 아니다.

그대, 실패를 두려워하지 마라!
실패 없이는 성공 또한 요원한 법이거늘!

우리는 성공보다 실패를 통해 더 많은 것을 배운다. 하지 말아야 할 것을 발견함으로써 해야 할 것을 발견하게 된다.

_밀턴

113

평정심을 유지하라

평정심은 평소 소홀히 지나쳤던 일을 냉철하게
꿰뚫어 보게 하는 넓은 안목과 풍부한 식견을 동시에
갖추게 하는 심미안審美眼이다.
평정심은 감정의 기복이 심하거나
진행 중인 일에 신중을 기할 수 없거나
상황 판단을 냉정하게 할 수 없을 때 필요하다.

그대, 늘 평정심을 유지하는 데 노력하라!
평정심이 곧 경쟁력이다.

인생의 승부에서 이기기 위한 전제조건은 평정심이다. 평정심은 머릿속에서 나오는 것이 아니라 몸과 마음의 수련에서 나온다. 스스로 절제할 수 있고 어떠한 상황에서도 평정심을 유지할 수 있다면 모든 승부에서 이길 수 있다.

_김경준

맹목적인
수행을 삼가라

수행에 관한 한 더 좋은 목적을 성취하기 위해서는
지금보다 더 많은 노력을 기울이거나,
수행 도중 참기 힘든 고통의 순간이 온다 할지라도
그 고통이 수행이 요구하는 한 과정이라 생각하라!
그리고 겸허하게 받아들여라!
우리가 지향하는 목적의식이 명확할수록 수행은
잃는 것보다 얻는 것이 더 많은 법이다.
단, 맹목적인 수행은 스스로 경계하라!

마음의 수행이란 긍정적인 생각을 키우고 부정적인 생각을 물리치는 것이다. 이 과정을 통해 진정한 내면의 변화와 행복이 찾아온다.

_달라이 라마

깊은 잠에 빠져 있는 뇌를 깨워라

인간의 뇌는 항상 깨어 있어야 한다.
깨어 있지 않으면 삶에 대한 도전의식은
아무 쓸모없는 무용지물이 되기 쉽다.
항상 깨어 있는 뇌는 적극적인 자세로 어떤 일을 이루려는
진취적 사고를 배양하는 통로 역할을 충실히 한다.
하지만 1년 365일 깊은 잠에 빠져 있는 뇌는
한걸음 뒤로 물러나 우두망찰 지켜보기만 하는
퇴보적 사고에서 벗어나지 못한다.

그대, 뇌를 깨우라!
성공의 마스터키는 깨어 있는 뇌의 활용에 좌우된다.

사람의 두뇌에 술을 들어붓는 것은 베어링에 모래를 끼얹는 것과 같다.
_에디슨

116

자신만의 비전을 가져라

비전은 창조적이고 독보적이어야 한다.
남이 쉽게 들여다 볼 수 있는 비전은 생명이 짧다.
생명이 짧은 비전은 경쟁력이 약하다.
반면에 경쟁력이 강한 비전은 그 어떤 악조건에도
쉽게 굴하지 않는 초심을 잃지 않는 힘이다.
비전은 자신의 미래에 대한 나침반이다.
나침반이 없는 인생은 망망대해에서
자칫 순항 기능을 잃은 배처럼 표류하기 쉽다.

현재 일이 잘 안 되고 있는 사람은 미래를 걱정하는 사람이다. 현재는 결코 우리의 목적이 아니다. 과거와 현재는 수단이며 미래만이 우리의 목적이다.

_파스칼

음해를 삼가라

음해는 인간 고유의 품성과 인성을 부패와 변질로
치닫게 하는 잔인한 생각과 다름없다.
음해는 당사자는 물론이고 자신까지 죽이는
무차별적 테러와 다름없다.
음해가 자기 방어를 위한 최선의 선택이라 해도
당사자의 정신세계를 아무 이유 없이 황폐화시키는
탈이성적 범죄와 다름없다.

그대, 음해를 삼가라!
음해는 자신이 상대방에게 저지른 것만큼
반드시 자신에게 되돌아오는 부메랑이다.

모략과 중상만큼 빠르고 쉽게 발설되는 것도 없고 빨리 받아들여지는 것도 없으며 널리 퍼지는 것도 없다.

_키케로

쓸모없는 근심 걱정은 과감히 포맷하라

'내가 왜 그랬을까?'
'내 말이 맞는데 왜 틀린다고 하지?'
'혹시 날 경계하는 건 아닐까?'
단편적인 의문은 자신 스스로가 불러들이는
근심거리이며 걱정거리다.
자신에게 의문을 표시하는 물음표는 던지지 마라!
던질수록 자칫 헤어날 수 없는 딜레마에 빠진다.
'괜찮아. 신경 쓸 거 없어!'
이 몇 마디로 그냥 지나쳐도 되는 사소한 일에는
가급적 민감하게 반응하지 마라!

한 가지 이상의 근심은 한꺼번에 세 가지 근심을 가지고 있다. 즉 과거에 가졌던 근심, 지금 가지고 있는 모든 근심, 그리고 미래에 있을 것으로 기대하는 모든 근심이다.

_매튜 헤일

 119

잠재의식을 깨워라

잠재의식은
긍정적인 면과 부정적인 면을 함께 가지고 있다.
긍정적인 잠재의식은
진실을 바로 읽을 수 있는 지혜를 주지만,
부정적인 잠재의식은
삿되고 그릇된 욕망과 집착을 부추기는 망상만 가르친다.
잠재의식을 깨우는 일은 자신의 내면에 숨어있는
잠재능력을 끌어내는 초인적인 능력이다.

인간이 어떠한 목표, 계획, 아이디어를 굳은 신념과 기대를 가지고 되풀이하고 또 되풀이하여 생각한다면 그것은 반드시 잠재의식에 영향을 끼쳐서 그 사람의 적극적인 행동의 원천이 된다.

_윌리엄 제임스

 120

자아성찰로 '참나'를 고양하라

인생은 아는 것이 없는 무지에서
자신 스스로 자신의 마음을 뒤돌아보고 살피는
자아성찰로 가는 긴 여행이다.

'참나'를 깨닫게 하는 자아성찰은
절제된 사고와 행동을 통해서 얻을 수 있다.
머리는 있되 절제된 사고와 행동이 없는,
분별없는 대립과 반목을 일삼는 무가치한 사람은
자아성찰을 알지 못한다.

자기반성은 지혜를 배우는 학교이다.

_발타자르 그라시안

3

덧없는 세월에 맞춰 살자

그대, 흘러가는 것은 그냥 흘러가게 내버려 두라!
아무 생각도 하지 않으며, 아무 일도 하지 않으며,
무의미하게 무가치하게 떠나보내는 세월이
아닌 이상 무엇이 문제랴!

겉치레로 위장하지 마라

그대, 번지르르한 겉치레로
자신을 학대하지 마라!
겉치레는 순간적으로는 짜릿한 희열을 주지만
얼마 못 가 싫증을 느끼고 급기야는
자신 스스로 회의감에 사로잡힌다.
어떤 악의적인 저의가 복선으로 깔려 있는
의도된 겉치레는 차라리 하지 않는 것이
자신의 주관을 살리는 최선의 길이다.

다른 사람에게 나 자신을 위장하는 것에 너무 익숙해져서 결국 자기 자신에게까지 위장하게 된다.

_라 로슈푸코

 122

시작한 것은 반드시 끝을 맺으라

끝은 성취감과 감동을 준다.
성취감은 진정한 자신감을 갖게 하고
감동은 새로운 동기부여를 제공한다.
성공과 실패를 좌우하는 것은 끝을 주관하는
자기 의지에 달려 있다.
끝이 좋으면 모든 것이 좋은 법이다.
끝을 맺기를 처음과 같이 하면 실패는 없다.

그대, 시작을 하고도 끝을 맺지 못하는 것은
창피하고 부끄러운 일이다.
시작한 것은 반드시 끝을 맺어라!

중요한 건 당신이 어떻게 시작했는가가 아니라 어떻게 끝내는가이다.
_앤드류 매튜스

123

가끔 짧은 은둔으로 자신을 고찰하라

지나간 과거는 회한으로 뒤돌아보고,

지금의 현재는 겸허한 마음으로 들추어 살피고,

다가올 미래는 담담한 마음으로 대비하는 마음 공부로

짧은 은둔을 가까이 하자.

자신 스스로 은둔형 외톨이를 자처하지 않는

일시적 은둔은 현실도피가 아니다.

짧은 은둔은 내면에 잠재해 있는 그릇되고 부정한 본능을

정직하고 순수한 욕구로 바꿀 수 있는 힘을 얻기 위한

선의의 일탈이다.

이 혼란한 세상에서 나 혼자 떨어져 평온을 즐긴다. 다른 사람들은 아등바등하는데 나 홀로 위안을 얻는다.

_도교

124

복잡한 문제는 맥부터 잡아라

의욕만 앞선 즉흥적인 판단으로
문제를 대하는 태도는
장님이 코끼리를 만지는 것과 마찬가지다.
어떤 문제이든 쇠뿔도 단김에 빼라는 말대로
함부로 그리고 섣불리 해결하려고 덤벼들지 마라!

그대, 아는가?
그 아무리 어지럽게 얽히고설킨 매듭도
유심히 관찰하면 하나의 선으로 이어져 있는 법이거늘!

문제와 당면하면 이에 대응하는 방법이 두 가지 있다. 당신이 문제를 바꾸든가 그렇지 않으면 당신 스스로 바꿀 수 있다.

_필리스 보텀

125

실현 가능한 상상을 즐겨라

건전한 상상은 일상 속 많은 생각을
창조적으로 만드는 하나의 정신적 도구인 동시에
일상 속에서 전혀 예측할 수 없는 것들을
시나브로 머릿속에 그려보게 하는 미래의 청사진이다.

그대, 지금 당장 실현 가능한 상상을 즐겨라!
실현 가능한 상상은 미래지향적인 삶의 질을
윤택하게 하고 두뇌활동을 새롭게 한다.

쓸데없는 상상을 버려라. 사람은 그가 실지에 당한 고민보다는 상상에서 얻는 고민이 훨씬 크다. 불행한 상상으로 현실을 휘덮지 말아야 한다.

_조지 쿠룩

126

하루는
공평무사하다

하루는 짧게는 한 달을, 길게는 일 년을,
더 길게는 십 년을 대비하는 지혜와 같다.
그대, 하루의 시작과 끝을 내일로 미루지 마라!
하루를 게을리하는 자는 평생을 포기하는 것이다.

하루는 꾸준히 땀을 흘리며 열심히 노력하는
사람에게는 동등한 기회를 주지만,
이기적인 이해타산과 무위도식無爲徒食으로 사는
사람에게는 결코 호의를 베풀지 않는다.
하루는 자신이 어디에서 어디로 가야 할지를
냉정하게 일러주는 이정표이다.

인생은 흘러가는 것이 아니라 채워지는 것이다. 우리는 하루하루를 보내는 것이 아니라 내가 가진 무엇으로 채워가는 것이다.

_존 러스킨

 127

편견을
삼가라

어느 한쪽으로만 치우쳐 공정하지 못한 생각이나
견해에서 비롯되는 편견은 미혹이 주범이다.

집착과 아집 그리고 독선과 아상我相이 불러들인
편견은 유죄이다.

편견을 삼가지 않으면 자신은 물론이고
자신과 관련되어 있는 모든 것들은
편견의 늪에 빠져 허우적거리는 불행을 초래한다.

편견을 조심하라. 편견은 쥐와 같고 사람의 마음은 쥐덫과 같다. 편견은 쉽게 들어오지만 나갈 수 있을지는 의심스럽다.편견의 이치를 따지려 노력하지 마라. 편견은 논리적으로 설복시킬 수도 설복될 수도 없는 것이다.

_시드니 스미스

감당할 수 있는 만큼만 받아들여라

우리 인간은 너 나 할 것 없이 눈에 보이고
손에 잡히는 것이라면 죽을 둥 살 둥
온갖 수단과 방법으로 남보다
좀 더 많이 소유하고 싶은 충동으로 자신을 내던지는
어리석고 사리에 어두운 존재다.
아서라!
과욕이 사람 죽이는 법이다.

그대, 감당할 수 있는 만큼만 받아들여라!
그릇을 흘러넘치는 물은
물로서의 효용가치가 없는 법이거늘!

분수에 맞지 않은 복과 까닭 없는 소득은 조물주의 낚시 미끼가 아니라면 곧 세상 사람들의 함정이리라. 이런 경우에는 눈을 높이 떠보지 않으면 그 꾐 속에 빠지지 않을 자가 없느니라.

_채근담

 129

선의의 일탈로 타성을 극복하라

뿌리 깊은 타성은 삶을 방만하게 만든다.
방만한 삶은 자신의 의지를 믿지 못하는 자기 부정이다.
잠시 동안의 짧은 선의의 일탈은 오랜 습성으로
고착되어 있는 타성의 벽을 허물고
큰 깨달음을 얻기 위한 동기부여의 계기가 된다.

선의의 일탈은 자기 부정이 아니라 자기 긍정이다.
잠시 곁길로 샌다고 해서 크게 잘못된 것도 아니며
크게 문제가 되지 않는다.

자기의 본성이 어떤 것이든 그에 충실하라. 자신이 가진 재능의 끈을 놓아버리지 마라. 본성이 이끄는 대로 따르면 성공할 것이다.

_시드니 스미스

180

권태에는 신선한 자극이 필요하다

그대, 권태를 오래 방치하거나 그냥 방관하지 마라!
권태는 일상의 리듬을 깨트리는 것은 물론
자칫 삶의 의욕까지 떨어뜨리는 스트레스의 원인이 된다.
권태는 변화를 두려워하는 약점을 가지고 있다.
권태는 예전에 한 번도 경험해 보지 못한
새롭고 신선한 자극을 통해서 극복하라!
새삼스럽다는 표현이 무색할 정도로 확연히
달라져 있는 자신을 보게 될 것이다.

권태는 도덕가의 가장 큰 문젯거리다. 인류가 저지르는 범죄는 적어도 절반 이상이 권태에 대한 두려움에서 빚어지기 때문이다.

_버트런드 러셀

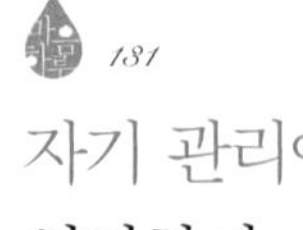

자기 관리에 엄격하라

진정한 삶의 가치와 성공의 비결은
매사 합리적이고 긍정적인 사고 그리고
엄격한 자기 관리를 통해 뜻하는 바를 이루는 데 있다.

그대, 자기 관리에 엄격하라!
자신에 대한 엄격한 자기 관리로 삶을 살아가면
희망으로 가득 찬 미래의 삶을 볼 수 있을 것이며,
비현실적인 공상이나 헛된 망상 속에서 살아가면
미혹과 미망이 가득 찬 암울한 미래를 보게 된다.

만일 당신이 자신을 조절할 수 없다면 당신은 그 무엇도 경영할 수 없다.

_린드 B. 존슨

132

나름 자문자답을 즐겨라

"넌 왜 사니?"

"아직은 살아가야 하는 이유가 남아 있으니까."

"사랑한다고 왜 말 못해?"

"많이 사랑하니까 사랑이란 말도 아끼고 싶었어."

하루에 한 번이라도 자문자답自問自答으로 자신을
독려하고 격려하라!
여기저기 돌아앉아 외면하고 있던 모든 것들이
어느 순간 제자리를 찾아 자신에게
뜨거운 응원의 박수를 보낼 것이다.

당신에게 필요한 것은 모두 당신 내면 깊은 곳에서 활짝 자신을 펴 보일 때를 기다리고 있다. 당신이 할 일은 다만 조용히 무엇이 당신 내면에 있는지 찾아 나설 시간을 내는 것뿐.

_에일린 캐디

긍정의 젊음을 살라

작은 변화에도 민감하고 긍정적인 사고에
인색한 것이 젊음의 장점인 동시에 단점이다.
젊음의 사리 판단은 지극히 유동적이며
부정적인 잣대로 자신과 사회를 평가하는 경향이 강하다.
하지만 젊음의 큰 포부와 큰 열정 그리고 큰 꿈은
국가의 소중한 자산이다.
그 자산을 건전하게 관리해야 하는 것이
우리 어른들의 책무인 동시에 소임이다.

젊은 시절은 일 년으로 치면 봄이요, 하루로 치면 아침이다. 그러나 봄엔 꽃이 만발하고 눈과 귀에 유혹이 많다. 눈과 귀가 향락을 쫓아가느냐 부지런히 땅을 가느냐에 그 해의 운명이 결정된다.

_공자

초심을 잃지 마라

그대, 변덕을 죽 끓듯 하지 마라!
변덕은 일을 그릇되게 하거나 못하게 하는
훼방이라는 무기를 가지고 초심을 흐리게 하는
고약한 속성덩어리다.
그 변덕에 휘둘리면 초심은 방향타를 잃어버린다.

초심初心은 자신의 의지를 대변하는 자존심이다.
항상 초심으로 돌아가려 노력하는 사람만이
인간승리를 이룰 수 있다.
그대, 초심을 잃지 마라.

길이 막혔다면 원점으로 돌아가라. 미로에서 헤매느라 실마리를 찾지 못할 때는 초심으로 돌아가는 것이 의외로 색다른 발견을 가져다 줄 수 있다.

_쿠시니 요시히코

185

시간을 다루는 법을 터득하라

시간은 과거와 현재 그리고 미래까지 조작하는 힘이다.
시간은 인간을 자기 구미에 맞도록 길들이는 조련사다.
하지만 시간은 인간이 어떻게 활용하느냐에 관한 한
결코 간섭하지 않는다.
부지런을 떨든 게으름을 떨든
그것은 우리 인간들의 몫이고 소관이기 때문이다.
다만, 인간이 시간의 주인이 되느냐
시간의 노예가 되느냐 그 차이만 있을 뿐이다.

30분이란 티끌과 같은 시간이라고 말하지 말고 그동안이라도 티끌과 같은 일을 처리하는 것이 현명한 방법이다.

_요한 볼프강 폰 괴테

136

정신일도精神一到 하사불성何事不成

올바른 정신으로 정도正道를 가고자 하는
일념 하나로
세상과 자신을 바라보면 이루지 못할 일은 하나도 없다.
건강하고 건전한 정신으로 삶을 살아가는 것 또한
우리 인간의 소중한 몫이다.
매사 타성에만 젖은 채 정신활동이 게으른 사람은
쉽게 도태되기 마련이며,
신이 우리 인간에게 준 천혜의 기능인 정신활동까지도
아무 소용이 없게 만드는 사람은
정신일도가 되지 않는다.

삶에 있어서 정신적인 성장은 의식하지 않고, 다만 동물적인 생활만을 하는 인간 상태는 두렵기 짝이 없다. 그 사람이 오래 살면 살수록 진실의 인간은 시들어 버린다.

_조지 엘리엇

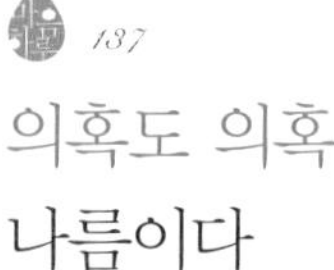

137

의혹도 의혹 나름이다

사서 고생한다는 말이 있다.
이 말은 굳이 하지 않아도 될 고생을
자신 스스로 만들어서 한다는 뜻이다.
의혹 역시 자신 스스로 만들 필요는 없다.
고생도 고생 나름이듯, 의혹도 의혹 나름이다.

그대, 자신이 받아들일 수 있는 의혹만 가져라!
자신 스스로 자청하여 불러들이는 의혹은 스스로
의혹의 함정에 빠져 분별력과 통찰력을 흐리게 한다.

만일 사람이 확신을 가지고 무엇을 시작한다면 의혹으로 끝날 것이다.
그러나 의혹을 가지고 시작함으로써 확신으로 끝날 것이다.

_프랜시스 베이컨

집착에서
벗어나라

더 많이 사랑하면 할수록
더 많은 미움에 유혹 당하기 쉽고,
더 많은 것을 탐하면 탐할수록
더 큰 탐욕에 꺼둘리기 쉽고,
더 순수해지기를 원하면 원할수록
더 많은 불순물이 끼얹어지기 쉽고,
더 많은 평정을 원하면 원할수록
더 큰 혼란만 가중시킨다.

집착은 정신적 결핍에서 오는 장애증상이다.

행복하기 위해 '무엇'에 집착한다면, 그 '무엇'을 얻을 수 있을까? 우리가 처한 환경이란 생각보다 심술궂다. 우리가 꼭 그렇게 주장한다면 오히려 반대되는 결말을 초래할지도 모른다.

_앤드류 매튜스

배려의 미덕을 가져라

배려는 자신을 가르치는 훌륭한 스승이다.
배려는 자신은 물론이고 다른 사람까지
향기 나는 삶을 살아가게 하고
보람 있는 삶을 가꾸게 하는 참마음이다.
배려는 자신만 아는 이기심과 사욕을
정화시켜 주는 무한의 힘이며,
서로 시기하고 서로 불신하고 서로 미워하는
단절의 벽을 단숨에 허물어뜨린다.

배려하는 마음이 세상을 바꾸고 자신을 바꾼다.

마음을 자극하는 유일한 사랑의 영약은 진심에서 오는 배려다. 남자는 언제나 그것에 굴복한다.

_메난드로스

내면의 소리를 들어라

귀로 듣는 소리는 거짓투성이고,
마음으로 듣는 소리는 진실이다.
내면에서 울리는 소리는 오염되지 않은
맑고 깨끗한 산소와 같다.
온갖 잡다한 타락과 부패에 찌든 인간에게는
내면의 소리가 없다.
없으니 듣지 못한다.

그대, 내면의 소리를 들어라!
내면의 소리는 아무 힘도 없는 것 같이 느껴지지만
실제로는 상상 이상의 무한한 힘을 가지고 있다.

유리에서 나오는 광채는 깨지기 쉬운 단점을 가리기 위한 것이다. 유난히 겉모습에 신경을 쓰는 사람은 곧 사람들의 뇌리에서 잊혀진다.

_발타자르 그라시안

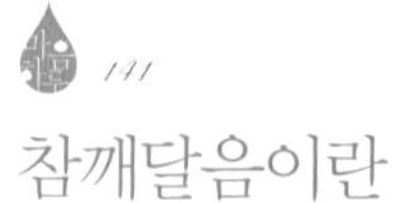

참깨달음이란

참깨달음은 느낄 수 없는 것을 느끼게 하고,
볼 수 없는 것을 볼 수 있게 하고,
만질 수 없는 것을 만질 수 있게 한다.

참깨달음은 자신을 일깨우는 끌어당김이다.
참깨달음은 사욕과 사심을 아낌없이 내려놓고
스스럼없이 비울 때 비로소 알게 되는 경이감이다.

그대, 오늘은 참깨달음을 위한 명상에 빠져보는
뜻깊은 하루가 되자.

알고 있다고 생각하는 사람이 영리한 것이 아니라 자기가 모르는 것을 자각한 사람이 현명한 것이다.

_크라우디우스

자신이 먼저 달라져야 한다

자신 고유의 정체성과 주체성을 변호하고 대변하는
바람직한 변화는 자신만이 해결할 수 있는
문제인 동시에 답이다.
단, 다른 사람의 변화를 모방하거나 흉내 내지 마라!
바람직한 변화는 자신의 인성과 성품을 고양하는
자기 혁신이며 자기 혁명이다.
한곳에만 오래 머물러 있는 정체된 생각으로는
삶의 질을 높일 수 없다.

그대, 자신이 먼저 달라져라!
그러면 세상이 달라져 보인다.

바뀐 것은 없다. 단지, 내가 달라졌을 뿐이다. 내가 달라짐으로써 모든 것이 달라진다.

_마르셀 프루스트

143

그릇된 야망은 삼가라

남을 배려하지 않는 이기적인 야망은
자신의 이해타산에만 급급한 탈인간적 야욕이다.

남에게 나쁜 영향을 끼치는 야망은
억지 주장으로 평화를 깨뜨리는 자만과 만용이다.

남을 무시하고 폄하하고 억압하는 야망은
진정한 야망이 아니다.

그대, 그릇된 야망은 삼가라!

당신의 선택이 잘못되었다고 느끼는 순간 과감히 작별을 고하고 뒤돌아설 줄 아는 용기를 내세요. 그러면 삶이 새로운 만남으로 당신의 아픔을 보상해 줄 것입니다.

_파울로 코엘료

이유 없는 자포자기는 삼가라

자포자기는 시작한 일을 소홀히 취급하거나
대수롭지 않게 대충 보고 넘길 때 일어나는
감정의 뒤틀림이다.
현명한 바보는 자포자기 순간에 자신에게
불만과 불평을 하지 않는다.
반면에 아둔한 바보는 한동안 분노와 좌절로
자신을 학대하려 든다.

그대, 이유 없는 자포자기는 자신을
실망과 실의에 빠지게 하는 자기 학대와 다름없다.

당신이 최선이라고 생각하는 일을 신이 당신에게 위임한 일이라 생각하고 그대로 밀고 나가라. 처음에는 당신을 비웃던 이들도 나중에는 당신을 존경하게 될 것이다. 그러나 당신이 도중에 포기해 버리고 낙담해 버린다면 당신은 타인들로부터 두 배의 놀림을 받게 될 것이다.

_에픽테토스

 145

속물적이고 감각적인 것을 멀리하라

그대, 즉흥적이며 속물적이고 감각적인 것들을
멀리하고 멀리하라!
그대, 헛된 공상이나 환상만을 좇는 저급한 것들을
멀리하고 멀리하라!
그대, 퇴폐적이고, 몽환적이고, 현란하고, 화려한 것들을
멀리하고 멀리하라!

그대, 아는가?
지극히 단순하고, 지극히 소소하고, 지극히 청빈하고,
지극히 평범한 것들만 가지고도
삶을 살아가는 데는 아무런 불편함이 없다는 사실을!

내 소망은 단순하게 사는 일이다. 그리고 평범하게 사는 일이다. 느낌과 의지대로 자연스럽게 살고 싶다. 그 누구도 내 삶을 대신해서 살아줄 수 없기 때문에 나는 나답게 살아가고 싶다.

_법정스님

복잡하게 살지 마라

어지럽게 여러 갈래로 나 있는 미로도 단순한 생각,
단순한 마음으로 보면 하나의 길로 되어 있다.
사물을 복잡하게 보면 마음은 혼란에 사로잡힌다.
혼란은 두려움과 불안, 갈등과 대립,
반목과 분쟁의 원인이 된다.

그대, 우리 인간도 매우 복잡한 구조로 되어 있지만
단순하게 보면 정신과 육체 그리고 생각과 감정,
이 네 가지로 구성되어 있는 유기물일 뿐이다.

인생이 복잡한 게 아니다. 우리가 복잡한 것이다. 인생은 단순하다. 그리고 단순한 것이 올바른 것이다.

_오스카 와일드

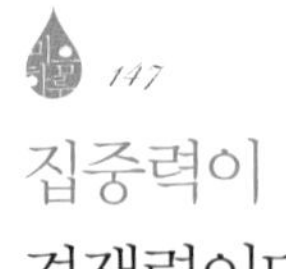

집중력이 경쟁력이다

강한 집중력으로 무장한 사람은 가장 합리적이며
가장 이상적인 결과를 도출할 수 있는 힘이 있다.
온갖 혼돈과 혼란 그리고 무질서에 오염되어 있는
정신을 정화시켜주고 한 차원 높게 업그레이드
시킬 수 있는 방편은 생각의 깊이와 넓이를
스스로 깨닫게 해주는 집중력 향상뿐이다.

집중력 향상은 삶에 필요한 지혜와 깨달음을 주는
정독精讀을 통해 얻을 수 있다.
집중력이 곧 경쟁력이다.

많은 사람들이 정해진 시간을 한 가지 방향으로만 사용하고 한 가지 목표에만 집중한다면 성공할 것이다. 문제는 사람들이 다른 것을 포기하고 매달리는 단 한 가지 목표를 갖고 있지 못하다는 것이다.

_에디슨

쓸데없는 잡념은 버려라

잡념은 질서나 통일성이 없는 어수선한 생각이다.
잡념에 길들어져 있는 사람은 무슨 일을 하든
처음부터 끝까지 한결같은 일관성이 없다.
일관성이 없는 생각은 자신의 의지를 통제하고
제어하는 기능이 없다.

그대, 쓸데없는 잡념은 과감히 버려라!
잡념은 이상적인 사고에 반하는 비합리적이고
비생산적인 탈이성적 사고이거늘!

처음 결심한 일을 끝까지 몸에 지니지 못함은 잡념에 마음이 끌리기 때문이다.
_헤라클레이토스

기회주의를 경계하라

기회주의는 나름의 줏대나 주관 그리고 소신보다는
맹목적으로 한쪽으로만 치우치는 성향이 강하다.
매사를 이기적 이해타산에 집착하는 사람일수록
기회주의자가 되기 쉽다.
기회주의에 만연해 있는 사람의 특징은
다른 사람의 시선 따위는 거들떠보지 않을뿐더러
다른 사람의 충고를 대충대충 건성건성 듣는
고약한 속성을 가지고 있다.

그대, 기회주의를 경계하고 경계하라!

기회주의자는 연필의 양쪽 끝을 뾰족하게 만드는 사람이다.

_페터 벨레

 150

실언과 식언을 삼가라

실언失言은 실수로 잘못 말하는 것이고,
식언飾言은 거짓으로 꾸며서 하는 말이다.

그대, 선부른 실언과 식언은 때로는
피를 부르는 흉기보다
더 잔인하다는 사실을 간과하지 마라!
실언이나 식언으로 상대방을 기망欺罔하거나
기만하느니보다는 차라리 꿀 먹은 벙어리로 버티는 것이
백번 천 번 만 번 낫다.

한마디의 친절한 말은 의기소침한 사람들에게 격려를 준다. 그러나 잔인한 말은 다른 사람들로 하여금 무덤에 가는 날까지 흐느껴 울게 한다.

_몰튼 쉰

151

그날그날의 삶에 감사하자

그대, 그날그날의 삶에 감사할 줄 아는 마음은
자신에 대한 배려이다.
배려 없는 삶을 살아가는 사람은
남의 삶을 따라가는 것이나 다름없다.

정신적으로 빈곤한 사람은 삶 자체가 피곤한 법이며,
배고픈 사람에게 한 공기의 따뜻한 밥을 선뜻
대접할 줄 사람은 거룩한 삶을 사는 사람이다.
빈민과 병자 그리고 고아들을 위해
자신의 삶을 희생한 마더 테레사 수녀처럼.

당신은 수많은 별들과 마찬가지로 거대한 우주의 당당한 구성원이다. 그 사실 하나만으로도 당신은 자신의 삶을 충실히 살아가야 할 권리와 의무가 있다.

_맥스 에흐만

152

자신감과 성취감을 경계하라

자신감은 나름의 용기에서 나온다.
용기로 얻은 자신감은 성취욕을 북돋운다.
무엇인가를 성취한 사람일수록 겸손으로 자신을
스스로 경계할 줄 알아야 한다.
자칫 위험한 오만으로 변질되기 쉬운 것이
성취감의 속성이기 때문이다.

그대, 아는가?
진정한 자신감은 사리를 분별할 줄 모르는 상태에서
함부로 날뛰는 만용과는 엄연히 다르다는 사실을!

당신이 바라거나 믿는 바를 말할 때마다 그것을 가장 먼저 듣는 사람은 당신이다. 그것은 당신이 가능하다고 믿는 것에 대해 당신과 다른 사람 모두를 향한 메시지다.

_오프라 윈프리

덧없는 세월에 맞춰 살라

무정하게 흘러가는 세월을 억지로 붙잡고
아둥바둥 악을 쓰며 아우성을 쳐본들 무슨 소용이랴!

그대, 흘러가는 것은 그냥 흘러가게 내버려 두라!
덧없이 흐르는 세월에 맞추어 살아가는 삶도
나름의 멋이라면 멋이다.
아무 생각도 하지 않으며, 아무 일도 하지 않으며,
무의미하게 무가치하게 떠나보내는 세월이 아닌 이상
무엇이 문제랴!

사람이 자기의 미래에 대해서 미리 숙지하게 되면 그 사람의 일생은 항상 끝없는 공포와 환희에 뒤섞이게 되어 한순간이라도 평화로운 시기는 없을 것이다.

_나다니엘 호손

단 1분이라도 마음껏 웃어라

인간은 환하게 웃을 때 순수해진다.

순수하다는 것은 탐욕과 집착에 물들지 않으려는 청정한 마음이다.

청정한 마음은 웃을 때만 가능하다.

우리 모두 웃을 수 있는 자신을 사랑하자.

지금 이 순간 웃을 수 있다는 건 오늘의 축복이다.

웃음은 신이 인간에게 준 최고의 선물이다.

그대, 단 1분이라도 마음껏, 마음껏 웃어보자!

아름다운 의복보다는 웃는 얼굴이 훨씬 인상적이다. 찡그린 얼굴을 펴기만 해도 한결 편해질 것이다. 웃은 얼굴은 좋은 화장일 뿐만 아니라 피의 순환을 좋게 하는 효과가 있다. 웃음은 인생의 약이다.

_알랭

스스로 오해의 불씨를 만들지 마라

오해는 남을 이해하지 않으려는 이기적인
독선과 아집에서 나온다.
오해는 갈등과 대립 그리고 반목과 불신을
조장하는 원인이 된다.

그대, 자신 스스로 오해의 불씨를 만들지 마라!
모든 소통은 이상적이고 현실적이다.
현실적인만큼 자신 스스로 감정에 치우치지 않는
나름의 냉철함을 유지하라!
냉철하지 않으면 오해에 종속되고 만다.

자기가 얼마나 자주 타인을 오해하는가를 자각하고 있다면 누구도 남들 앞에서 함부로 말하지는 않은 것이다.

_요한 볼프강 폰 괴테

스스로 기회를 만들어라

기회는 기회를 잡으려고 매사 혈안이 되어 있는
사람의 눈에는 잘 보이지 않는다.
기회는 늘 우리 내부 속에서 타이밍을 노리고 있다.
우리는 지금이 기회다 싶을 때 즉각적으로
그 기회의 성격과 본질을 확실하고 정확하게
포착할 수 있는 마음의 준비를 항상 하고 있어야 한다.

부정론자와 비관론자는 모든 기회에 숨어 있는
문제를 보고,
긍정론자와 낙관론자는 모든 문제에 숨어 있는
기회를 본다.

기회는 배를 타고 오지 않고 우리들 내부로부터 온다. 기회는 또 전혀 기회처럼 보이지 않고 불행이나 실패나 거부의 몸짓으로 나타난다.

_데니스 웨이틀리

준비성 있는 자세로 하루를 임하라

무슨 일을 하든, 무슨 말을 하든, 어떤 생각을 하든,
어떤 행동을 하든 항상 준비된 마음으로
슬기롭게 대처하면 모든 문제와 갈등은 쉽게 풀어진다.

어림짐작이나 건성으로 대충대충 넘어가려는
어설픈 마음에는 올바른 준비성이 생기지 않는다.
모든 가능성을 열어놓은 상태에서 주어진 상황을
면밀히 파악한 다음에 실현가능한 것부터
하나씩 하나씩 분석하는 것이 준비성이다.
준비성 있는 하루는 효율적이고 생산적이다.

말은 미리 생각한 바 있으면 실수가 없고, 일은 사전에 계획이 있으면 곤란이 없고 행동은 미리 목표가 서 있으면 후회가 없다.

_중용

몰입의 안테나를 세워라

몰입은 어느 한곳에서 헤어나지 못하게 하거나
고립하게 만드는 정지된 사고가 아니다.
몰입은 추구하고자 하는 궁극의 목적을 탐구하는
정신적 마중이며 채비이다.

그대, 몰입의 안테나를 세워라!
몰입의 순간은 그 어떤 예외도, 그 어떤 소외도,
그 어떤 열외도 없는 텅 빈 찰나의 공간이다.

제대로 집중하면 6시간 걸릴 일을 30분 안에 끝낼 수 있지만 그렇지 못하면 30분이면 끝낼 일을 6시간을 해도 끝내지 못한다.

_앨버트 아인슈타인

159

믿음으로 자신을 거래하라

무릇 믿음은 모든 것을 포용할 줄 알고,
용서할 줄 알고, 배려할 줄 알고,
이해할 줄 아는 동그란 원이다.

그대, 각이 진 믿음으로는 불신과 의혹의 노예가 될 뿐
결코 믿음의 주인은 되지 못한다.
믿음은 그 어떤 경우에도 훼손되어선 안 된다.
행복과 불행은 자신이 가지고 있는 믿음의 거울에
어떻게 비춰지느냐에 따라 달라진다.

자신을 믿는 자는 행동할 때 필요한 것들을 모두 수중에 갖고 있다. 중요한 문제이거나 사소한 문제이거나 어려운 일이거나 손쉬운 일이거나 혼자의 힘으로 얼마든지 해결할 수 있다.

_발타자르 그라시안

160

역발상으로 접근하라

역발상은 보편적으로 수긍하고 인정하는 사실을
아닌 것으로 부정하는 것이 아니라
그 사실을 다른 각도로 살짝 비트는 생각의 전환이다.

그대, 때로는 역발상으로 접근하라!
하나의 사물과 개념을 심도深度있게 관찰하거나
정밀하게 분석하는 데는 발상만으로는 부족하다.
역발상은 제2의 지혜이다.

새로운 발상에 놀라지 마라. 다수가 받아들이지 않는다고 해서 더 이상 진실이 아닌 것이 아니라는 것을 잘 알지 않는가.

_바휘르 스피노자

161

자신 고유의 율법을 만들어라

자기 율법은 자신과의 소중한 약속인 만큼
그 어떤 경우에도 반드시 지켜라!
자기 율법을 지킨다는 것은 말로는 대단히 쉬워도
행동으로는 지극히 어렵다.
하지만 지켰을 때는 말로 표현할 수 없는 성취감은
물론 남다른 자신감을 얻게 된다.
인간은 자신의 의지와 정신력으로 극복할 수 없는
역경일수록 자기 내면에서 나름의 해결책을
스스로 찾아야 한다.
그게 곧 자기 율법이다.
오늘 당장 자기 율법을 만들자!

율법은 우리의 자유를 조금도 구속하지 않을뿐더러 오히려 그것을 유지해 준다. 만일 율법이 우리를 구속한다면 그것은 우리의 유익을 위해서 우리에게 보다 더 큰 자유를 주기 위해서이다.

_헨리 A. 버클러

162

내면이 아름다워야 인간답다

겉모양만 화려한 사람은 인간다운 향기가 없다.
인간다운 향기가 없는 사람은 자존감이 없는 사람이며,
자존감이 실종된 사람은 향기 없는 조화造花일 뿐이다.

내면의 아름다움을 소홀히 한 아름다움은
싫증을 빨리 느끼게 마련이며,
식상해진 아름다움은 오래가지 못하는 법이다.

내면의 아름다움 없이는 외면의 아름다움은
허울뿐인 겉치레이거늘!

사람은 겉으로 나타나는 모습을 통해 안을 들여다 볼 수 있다. 따라서 만약에 그 얼굴에 허영심이 가득하다면 그다음은 교만에 가득 차 있는 것이다.

_헨리 스미스

163

타고난 인간성에 충실하라

타고난 인간성은 솔직하다.
주어지는 환경과 조건에 따라 위선과 가식의 가면을 쓴다 해도 본질 그 자체는 변하거나 쉽게 휘둘리지 않아야 한다.

타고난 인간성은 아무 생각 없이 바꾸고 싶다 해서 쉽게 바꾸어지는 것이 아니다.
바꾸지 못할 바에야 차라리 타고난 인간성에 충실을 기하는 것이 현명이다.

우리가 인간성에 대해 정말로 아는 유일한 것은 그것이 변화한다는 것이다. 우리가 말할 수 있는 유일한 속성은 변화이다.

_오스카 와일드

164

위기를 기회로
받아들여라

위기 없는 삶을 살아간다는 건 어리석기 짝이 없는 이기적인 바람일 뿐이다.

그대, 도저히 피할 수 없는 불가항력의 위기가 닥쳤을 때는 처음부터 지레 겁을 먹고 피하려고만 하지 말고 차라리 당당하게 맞서라!

“비관론자는 모든 기회에서 어려움을 찾아내고, 낙관론자는 모든 어려움에서 기회를 찾아낸다”는 윈스턴 처칠의 말처럼.

중국인은 위기를 두 글자로 씁니다. 첫 자는 위험의 의미이고, 둘째는 기회의 의미입니다. 위기 속에서는 위험을 경계하되 기회가 있음을 명심하십시오.

_존 F. 케네디

진솔한 사랑을 하자

그대, 그 누구를 사랑할 때는 진솔한 마음으로
바로 앞에 있을 때는 있는 그대로 보고 느끼고
바로 앞에 없을 때도 있는 것처럼 느끼고 보자.

만나면 헤어지고 싶지 않고
헤어지면 또 만나고 싶고
잠시 떨어져 있어도 함께 하고 싶고
곁에 두고 싶은 마음이 진솔한 사랑이거늘!

기쁨이 무엇인가는 원래 많은 괴로움을 참아낸 사람만이 알고 있다. 그 밖의 사람들은 진정한 기쁨과는 거리가 먼 단순한 쾌락을 알고 있는 데 불과하다.

_카를 힐티

휴식은 시간 낭비도 게으름도 아니다

그대, 열심히 노력한 다음 누리는 잠깐의 휴식은
가장 편안하고 순수한 기쁨이다.
자신 나름의 사색과 명상을 즐기면서 세월의 무게를
잠시 잠깐 내려놓을 수 있다면 그것만으로도 경이로운
고요함을 경험할 수 있고, 안락하고 편안한 행복감에
젖을 수 있는 휴식을 누릴 수 있다.

휴식은 결코 시간 낭비가 아니다.
휴식은 결코 게으름이 아니다.
휴식은 반복되는 일상의 재충전을 위한 투자이다.

휴식은 게으름도 멈춤도 아니다. 휴식을 모르는 사람은 브레이크가 없는 자동차 같아서 위험하기 짝이 없다.

_헨리 포드

167

자기 학대는 불신과 의심에서 나온다

그대, 불신과 의심에 현혹되지 않으려면 자신에 대한
확고한 믿음부터 가져라!
자신을 먼저 믿지 못하고 남부터 믿는다는 건
견강부회牽强附會이고
어불성설語不成說이다.
불신과 의심은 자기 학대 그 이상 이하도 아니다.
자신이 자신에 대한 믿음을 배신하지 않는 한
믿음 역시 자신을 먼저 배반하지 않는다.

사람을 믿는다는 것은 사람이 반드시 모두 성실하지 못하더라도 자기만은 홀로 성실하기 때문이며, 사람을 의심하는 것은 사람이 반드시 모두 속이지 않더라도 자기가 먼저 스스로를 속이기 때문이다.

_채근담

 168

획일적인
고정관념은 버려라

한 방향으로만 치우치는 획일적이고
이기적인 고정관념은 많은 폐단과 모순의 원인이 된다.
'나 아니면 안 된다'는 독불장군식 고정관념은
자신밖에 모르는 이기심을 조장한다.
고정관념의 배경에는 공정하지 못하는 편파적인 심리와
도량이 좁고 너그럽지 못한 편협적인 감정이 깔려 있다.
획일적인 고정관념은 정신건강에 백해무익이다.

그대, 에고이즘적 고정관념은 버려라!

남의 잘잘못을 따질 때는 항상 다른 사람이 너와 같은 환경에서 자라지 못한 것을 기억하라.

_F. S. 피츠제럴드

169

스스로 견디지 못하는 마음 상처는 낫지 않는다

마음의 상처는 제때 말끔히 치료하지 않고
그냥 제멋대로 방치하면 평생 동안
괴로워하고 아파하며 심신에 막대한 영향을 끼치는
후유증에 자신도 모르게 사로잡힌다.

그대, 마음의 상처는 스스로 견뎌내라!
스스로 견디지 못하는 마음 상처는 쉽게 아물지 않는다.
아물지 않은 마음의 상처가
켜켜이 쌓이면 쌓일수록
황폐해지는 건 정신과 영혼뿐이다.

우리는 남에게 받은 마음의 상처에 즉각 반응한다. 그러나 내가 남에게 준 상처에 대해서는 느끼지 못한다.

_토마스 캠피스

소중한 사람의 이름을 불러보자

그대, 오늘은 더없이 사랑하고
더없이 소중한 사람의 이름을 불러보자.
자기, 당신, 여보라는 호칭 대신
환한 미소로 다정하게.
예전에는 미처 몰랐던 소중하고 사랑스런 존재가
거부할 수 없는 매력으로 와 닿을 때까지
이름 석 자를 불러보자.
진심 어린 얼굴로 다정하게.

그 이름을 알고 실물을 대했을 때와 이름을 모른 채 실물을 마주했을 때의 감흥에는 커다란 차이가 있다. 마치 별자리의 이름을 알고 밤하늘을 우러를 때하고 전혀 백지 상태에서 별밤을 대했을 때의 그것과 마찬가지다.

_법정스님

탐욕의 그릇은 채우지 마라

과유불급過猶不及!

정도程度를 지나침은 미치지 못함과 같은 법!

무분별한 탐욕은 정신을 삭막하게 하고,

영혼을 탁하게 하고, 육체를 상하게 하고,

잠 못 이루는 밤을 맞게 한다.

그대, 탐욕의 그릇은 채우지 마라!

아무 데도 효용가치가 없는 탐욕은

허황되고 허망하고 망상에 지나지 않는

무가치 무의미한 욕망이거늘!

욕망이란 처음에는 눈에 보이지 않을 정도로 느리게 진행되다가 일단 그 목적을 달성하고 나면 걷잡을 수 없이 파멸을 향해 달려가는 법이다.

_발타자르 그라시안

172

고난을 시험으로 받아들여라

고난은 괴롭힘이란 전매특허로 우리의 의지를
시험하고 저울질하려 드는 성질 고약한 녀석이다.
녀석은 우리가 스스로 꼬리를 내리거나 사리면
그걸 우리의 약점으로 알아채고 또 다른 고난으로
우리를 공격하는 속성덩어리다.

그대, 고난을 한순간의 시험으로 받아들여라!
평생 동안 따라다니는 고난은 없는 법이거늘!

고난이 크면 클수록 그것을 극복하고 나서의 영광은 더 크다. 노련한 조종사는 영예를 폭풍과 폭우에서 획득한다.

_에피쿠로스

178

끝은 새로운 도전이다

끝은 새로운 시작을 위한 워밍업이다.
그대, 끝에 대한 두려움을 떨쳐버리고
그 어떤 경우에도
흔들리지 않는 나름의 강한 의지로 전심전력을 다하라!
그러면 비로소 끝이 주는 성취감에 웃을 수 있다.

작가가 마지막 문장 끝에 찍는 마침표는
단순히 탈고를 의미하는 부호가 아니라
새로운 글에 대한 새로운 도전의 의미이거늘!

끝이 좋아야 시작이 빛난다.

_마리아노 리베라

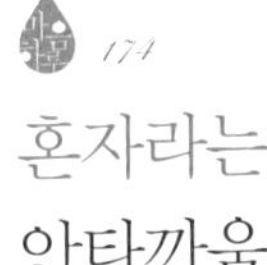

혼자라는 안타까움

이별 후의 방황이 향기로운 이유는
비로소 혼자라는 사실이 실감나기 때문이다.
이별 후의 방황이 아름다운 이유는
다시는 사랑이란 단두대에
목숨을 내놓지 않아도 되기 때문이다.

하지만 혼자라는 안타까움으로 미련과 아쉬움에
연연하는 이별은 핏빛 그리움에 사무친다.
하지만 이별이란 것은
언제나 슬픔이고 아픔이고 고통이거늘!

이별의 아픔 속에서만 사랑의 깊이를 알게 된다.

_조지 앨리엇

175

그리우면 그리운 대로

그리우면 그리운 대로 많이 그리워하자!
그리움은 삭이면 삭일수록
덧나는 감정의 불씨이거늘!
덧없는 그리움은
자칫 이겨낼 수 없는 마음의 병이 된다.
마음의 병이 깊어지면 그리워도 그리워할 수 없다.

그대, 그리우면 그냥 그리워하자!
더도 말고 덜도 말고 감내할 수 있는 만큼만
많이많이 그리워하자.
그리움은 순수한 사랑의 감정의 고백이거늘!

사랑하는 사람에게는 사랑과 그리움이 생기고, 미워하는 사람에게는 증오와 원망이 생기나니 사랑과 미움을 다 놓아버리고 무소의 뿔처럼 가라.

_법정스님

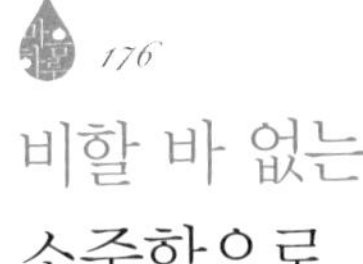

176 비할 바 없는 소중함으로

그 어디에도 비할 바 없는 소중함이 있다는 사실을
깨달은 건 그대를 사랑하면서였다.
나 자신보다 그대가 더 소중하다는 사실을
알게 된 것은 내가 그대를 진실로
사랑한다는 고백을 할 때였다.

하지만 이제는 그 소중함이 빛을 잃고 말았다.
텅 비어버린 가슴이 와르르 무너질 정도로
슬프고 안타깝지만 한줄기 뜨거운 눈물로
나를 위로해야만 했다.
그대가 아직은 소중한 사람으로 내 기억 속에 남아
살아 숨 쉬고 있다는 이유 하나로!

사랑을 한 뒤에 가장 행복한 것은 자기의 사랑을 고백하는 일이다.

_A. 지드

177

그대를
위해서라면

그대가 많이 그립습니다.
그대의 모습이 두 눈가에 많이 아른거립니다.
당신의 향기가 코끝을 많이 간질입니다.
방황하는 나를 구원해줄 그대이기에 어쩔 수 없습니다.

지금 많이 외롭습니다.
그대가 그리워 방황을 하면 할수록 많이 외롭습니다.
그대의 향기 앞에 다시는 설 수 없는
초라한 나 자신이 밉기 때문입니다.
하지만 이제 잊으렵니다.
나를 위해서가 아니라 그대를 위해서 말입니다.

사랑은 향기조차 없는 메마른 폐허나 오막살이 집일지라도 희망을 품게 하고 훈훈한 향내를 풍기게 한다.

_플로베르

 178

한 점
후회 없는 사랑

그대에게 향한 나의 사랑은 한 점 후회 없는 사랑이었다.
결코 후회하지 않을 사랑을 하고 싶었으니까.
하지만 지금은 왠지 아니, 많이 후회가 된다.
그대를 사랑할 수밖에 없었던 나 자신을
용서하지 못하고 이해 못해서가 아니다.

그 이유는 맹목적이고 이해타산적인 사랑이
가장 이율배반적이고 가장 이기적이며,
이성적인 사랑이 가장 진실 되고 가장 순수하다는
사실을 뒤늦게 알았기 때문이다.

진실에 대해서 알고 있는 사람은 진실을 사랑하고 있다고 말해도 좋다. 그러나 진실한 사랑을 하고 있다고 해도 진실을 행하고 있다고는 말할 수 없다.

_공자

그리움이 없는 사랑은 외로운 사랑이다

사랑은 외롭지 않아야 한다.
외로운 사랑은 그리움이 없는 사랑이다.
사랑은 둘이 아닌 하나라야 한다.

너는 '나의 반쪽', 나는 '너의 반쪽'이라는 등식이 사랑이다.
물과 기름 같은 사랑은 하나 마나 한 사랑이다.
서로 조화롭게 어우러지지 못하는 사랑은
진실이 없는 허울뿐인 사랑이다.
사랑은 '너와 나'가 아닌 '우리'라는 이름으로
다시 태어나는 축복이며 기적이거늘!

사랑은 본질적으로 무엇에 의지하고 싶어 한다. 혼자는 너무 고독하기 때문이다. 어린아이들이 부모의 포근한 품안을 좇듯 어른들도 그런 품 안에 마음을 의지하고 싶어 한다.

_로렌스 굴드

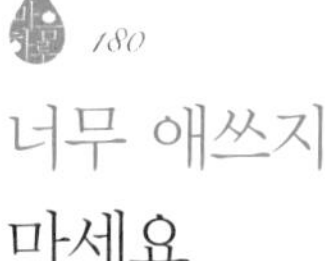

너무 애쓰지 마세요

이제는 잊어야지, 잊어야지 하면서도
차마 잊지 못하는 사람이 있나요?
그대, 너무 애쓰지 마세요.
이제 잊어야지, 잊어야지 하면 할수록
핏빛 그리움만 쌓이고 쌓이는 게 사랑의 본질입니다.

그리움을 알지 못하는 사랑은
가까이 있어도 멀게 느껴지고,
멀리 있으면 더 멀리 느껴지는 법입니다.
서로 두고두고 그리워하세요.
그리워하는 것만으로도 사랑은 충만해지기 마련입니다.
그리움은 사랑의 또 다른 사랑이니까요.

네 눈이 너에게 말하는 것을 믿지 말라. 그것이 보여주는 것에는 한계가 있다. 사랑이야말로 최초의 고독이며, 기쁨이고, 자기 자신의 생에 대해 자신에게 행한 최초의 내면적인 일이다.

_워어즈 워어드

4

인간이 인간답지 못하면

그대, 인간이 인간답지 못하면
금수만도 못한 인간의 탈을 쓴 개망나니와 다를 바 없거늘!
제발 돈, 돈, 돈 하지 마라!
돈, 돈에 목매다는 인간은 인간이 돈으로 보이거늘!

 181

떠남과 보냄을 준비하는 이유

떠남과 보냄이 함께 하는 별리의 순간 앞에
사랑은 비로소 외로움을 탄다.
이제는 나 혼자라는 사실 앞에 사랑은
무언의 침묵 속에 오롯이 갇힌다.
떠나야 하고 보내야 하는 이유가 명명백백하다 해도
별리의 순간은 아픔이고 고통이 된다.
이제 내 곁에 소중했던 그 누군가가 없다는
냉정한 현실 앞에 사랑은 초라해진다.
하지만 사랑은 떠나고 보내는 순환 속에 성숙해진다는
이유 하나로 오늘도 보냄과 떠남을 준비한다.

결코 마음을 다 주면서까지 사랑하지 말라. 그러면 아픔으로 끝날 뿐이다.

_C. 컬런

182

가을은 사색하기 좋은 계절이다

사랑을 잃어버린 사람은 어느 날 갑자기
가을 여행을 서둔다.
가을은 사랑의 추억을 회상하는 계절이기 때문이다.
가을엔 차갑게 돌아선 그 누구를 용서하고
새로운 그 누군가를 찾기 위해 여행을 떠나라.
나의 과거를 분신처럼 아껴줄
새로운 사랑을 위해 여행을 떠나라.
그 누구를 떠나보낸 허상에 매달려 어제를 반추하는
자신을 추스르기 위해 여행을 떠나라.
그래서 가을을 사색의 계절이라 하나 보다.
가을은 혼자 여행하기에 딱 좋은 사색의 계절이다.

사색은 독서와 체험의 뒷받침을 필요로 한다. 독서 없는 사색은 독단에 흐르기 쉽고, 체험 없는 사색은 공허에 빠지기 쉽다.

_안병욱

사랑의
이율배반

보내는 마음이나 떠나는 마음이나 괴롭기는 마찬가지다.
하지만 돌아선 너의 뒷모습을 바라보는 나는
더 괴롭고, 남아 있는 나를 보지 않으려 애쓰는
너 역시 괴롭다.
행복했노라고 말하며 돌아서는 그대나
운명처럼 사랑했노라고 말하는 나나
슬프기는 마찬가지다.

사랑했기에 행복할 수 있었고
행복했기에 사랑할 수 있었고
사랑이 있기에 이별이 있을 수 있다는 모순이
곧 사랑의 이율배반임을 알기에.

다른 사람에 대한 사랑이 점점 깊어 갈수록 그 사람의 눈은 오히려 날카로워진다.

_힐티

어느 날 갑자기 너와 나, 우리는

나는 너를 사랑했고, 너는 나를 사랑했다.
'너와 나'로 만나 '우리'가 되었기에
그게 사랑인 줄 알았다.
다시는 '우리'가 '너와 나'로 떨어져선
안 된다는 맹서를 했기에
그게 '우리 둘만의 사랑'인 줄 알았다.
하지만 어느 날 갑자기 '너와 나'는 불행하게도
'우리'로 남아있을 수가 없었다.
이별이란 운명의 장난이 '우리'를 다시 예전의
'너와 나'로 갈라놓았기 때문이다.
하지만 그게 전부가 되어서는 안 된다.
사랑의 기억이 사랑의 추억으로 퇴색되기 전까지는.

사랑하느냐 사랑하지 않느냐 하는 것은 우리 마음대로 되는 것이 아니다.
_코르네이유

사랑이란 건

그 누군가를 많이 보고파 하고
그 누군가를 많이 그리워하고
그 누군가를 많이 기다리고
그 누군가를 먼저 마중하고
그 누군가와 함께 있고 싶고
그 누군가와 도란도란 얘기하고 싶고
그 누군가의 눈과 마주치고 싶고
그 누군가와 키스를 하고 싶고
그 누군가의 가슴에 들어가고 싶고
그 누군가의 팔베개를 하고 싶고
그 누군가의 미소에 미소로 답할 수 있고
그 누군가를 많이많이 좋아하니까
'이게 … 이게 사랑이구나' 싶은 게 … 사랑이다.

사랑을 받는 것, 그것이 행복이 아니다. 사랑하는 것, 그것이야말로 진정한 행복이다.

_헤르만 헤세

오늘은 오직 그대만을

오늘은 오직 그대만을 위하고 싶습니다.
그리고 내일도 그대만을 위한 나를 지키고 싶습니다.
그대가 내 곁에 있음은 신의 축복이고,
그대가 나와 함께 있음은 세상이 주는 선물이고,
그대가 나와 웃을 수 있음은
오늘이 주는 행운이기 때문입니다.

그대, 아시나요?
내가 그대를 사랑함은 나의 운명이고,
내가 그대 안에 있음은 나의 진실이며,
내가 그대의 사랑을 받고 있음은
나의 전부라는 사실을!

오직 한 사람에 대한 사랑은 하나의 야만인 것이다. 왜냐하면 이것은 다른 모든 것에 대한 희생이 있어야 가능하기 때문이다. 신에 대한 사랑도 마찬가지이다.

_프리드리히 니체

187

그대의 뒷모습 바라보며

그대는 멀리 떠났습니다.
그냥 이대로 내버려달라는 말 한마디 남기며
멀리멀리 아주 멀리 떠나갔습니다.
나는 왜 그래야만 하느냐고 묻지 않았습니다.
아니, 묻고 싶지 않았습니다.
묻지 않은 건 그대의 의지가 분명했기 때문입니다.
그래서 나는 떠나는 그대의 뒷모습 바라보며
속으로 이렇게 중얼거렸습니다.
그래요, 그냥 이대로 가만히 있을 테니 행복하라고!
새로운 사람 만나 행복하라고!
그리고 그때 처음 깨달았습니다.
이게 사랑의 아픔이라는 것을!

사랑하는 사람들은 혼자가 된다. 진정으로 사랑하는 사람들은 상대방이 혼자가 되는 것을 방해하지 않는다.

_브하그완

방황의 끝에 서서

방황이란 걸 오늘 처음 해보았습니다.
방황을 하면 할수록 텅 빈 가슴이
더 황량해진다는 걸 오늘 처음 알았습니다.
이별이 사랑의 그림자라는 걸 오늘 처음 알았습니다.
그리고 얼마 후 방황의 끝에 서서 많이 망설였습니다.
미워할 수 없는 사람이기에
사랑할 수 없는 사람이기에
방황의 끝은 외로움과 그리움이 전부였습니다.
그리고 비로소 알았습니다.
방황은 할수록 낯설고, 낯설면 길어지고,
길어지면 저절로 익숙해진다는 것을!

명확한 목적이 있는 사람은 가장 험난한 길에서조차도 앞으로 나아가고, 아무런 목적이 없는 사람은 가장 순탄한 길에서조차도 앞으로 나아가지 못한다.

_토머스 칼라일

사랑은 따로따로가 아닌 함께하는 것

사랑은 어둠을 밝히는 빛이며
사랑은 혼탁하지 않은 무색 투명한 진실이며
사랑은 공기처럼 그지없이 소중하며
사랑은 절로 미소를 짓게 하는 기쁨이며
사랑은 '너와 나'를 '우리'로 이어주는 징검다리이며
사랑은 부정이 아닌 긍정이며
사랑은 불행이 아닌 행복이며
사랑은 나쁨이 아닌 좋음이며
사랑은 다름이 아닌 같음이며
사랑은 따로따로가 아닌 더불어 함께이다.

우리들에겐 사랑 그 자체로 충분하다. 마치 목적을 두지 않고 방랑 그 자체의 즐거움을 얻듯이.

_헤르만 헤세

그대 내 곁에 있지 않음에

그대 내 곁에 있지 않음에 나는 우울해집니다.
살아 숨 쉰다는 의미조차 낯설기 때문입니다.
그대 내 곁에 있지 않음에 나는 벙어리가 됩니다.
그 누군가의 이름조차 부를 수 없기 때문입니다.
그대 내 곁에 있지 않음에 나는 초라해집니다.
그림자 없는 투명인간이 되기 때문입니다.
그대 내 곁에 있지 않음에 나는 방랑자가 됩니다.
그대와 함께한 추억을 되새김질하고 싶기 때문입니다.
지금 그대는 내 곁에 없습니다.

그대는 지금 내 곁에 없습니다.

함께 있을 때 웃음이 나오지 않는 사람과는 결코 진정한 사랑에 빠질 수 없다.

_아그네스 리플라이어

나를 눈물짓게 하는 이유

그대, 나라고 왜 그리움이 없겠습니까?
말로 다할 수 없을 정도로 쓰리고 아린 사랑이었는데
어찌 그리움이 없겠습니까?
그 아무리 그리움은 그리움을 부른다지만 그대를 향한
오늘의 그리움은 정말 견디기 어렵습니다.
그대, 아시나요?
세월이 흐르고 흐른다 해도 지금 이 순간의
그리움만 할까 싶은 의문이 나를 용서하지 않는 이유를.
그대, 아시나요?
내일 이 시간 가슴을 치받는 처절한 외로움으로
그리움의 시를 쓴다 해도 오늘 쓰는 그리움의 시만 할까
싶은 의문이 나를 눈물짓게 하는 이유를!

눈물은 목소리가 없는 슬픔의 언어다.

_볼테르

오늘 지금 이 시간

그대, 오늘 지금 이 시간,
잊혀진 사랑의 추억을 간직하고 있나요?
소중한 누구를 잊는다는 건 진한 아픔이고 슬픔입니다.
그 누구는 말하더군요.
아픔을 느끼지 못하고, 슬픔을 느끼지 못하는 사랑은
진정한 사랑이 아니라고 말이죠.
하지만 소중한 사랑이 가슴 아린 아픔으로,
가슴 저린 슬픔으로 다가설 때
사랑은 뼈를 깎는 고통이라는 사실이 실감 나는 이유는
그 아픔, 그 슬픔이 낯설기 때문이라고.

극단적인 슬픔은, 오래 계속되지는 않는다. 어떤 사람이든지 슬픔에 지고 말든가, 그것에 익숙해지든가 어느 쪽의 하나다.

_매타스타시오

198

내가 받아들일 수 없는 이유

너를 처음 만나는 순간 사랑이란 걸 알았고,
행복인 줄 알았는데 ….
이제는 그 만남, 그 사랑, 그 행복이
나의 것이 아님을 비로소 깨달았어.
그래, 비록 지금은 네 뜻대로 이별이란 명분으로
예전의 남남으로 돌아가지만 우린 다시 만날 거야.
아니, 다시 꼭 만나야 해.
남들은 '너와 나'를 슬픈 사랑의 주인공이라 말하겠지만
나는 동의할 수 없어.
왜냐고?
내가 받아들일 수 없고 인정하고 싶지 않은 이별은
이별이 아니기 때문이야.

인간은 누군가를 만날 때와 헤어질 때 가장 순수하며 가장 빛난다.

_상 폴 리히터

도대체 왜들 이럴까

세상 돌아가는 꼬락서니가 가관이다 못해 목불인견이다.
비선이니 국정농단이니 블랙리스트니 뭐니 하는
한바탕 미친 춤판이 우리를 우울하게 한다.
도대체 왜들 이러나 몰라!
한세상 살아가면서 좋은 생각만 해도 부족할 텐데
뭐가 잘났다고 그 아우성이고 그 지랄난리들인지
한심하고 가소롭다.

제발 아서라!
손바닥으로 하늘을 가리지 못하는 게 세상사 이치이거늘
제발 자중자애하길!

본래의 똑똑한 사람도 권력의 자리에 오래 머물러 있으면 못난 사람으로 변한다. 그를 둘러싼 부하들의 아첨과 비굴을 포식하는 동안 자신도 모르게 바보가 된다.

_김태길

왜
모르는가

돈 있는 놈은 돈 없는 놈 앞에서 거들먹거리고
돈 없는 놈은 돈 있는 놈 앞에 주눅이 든다.

돈 있는 놈은 가진 것을 빼앗기지 않으려는 몸부림으로
돈의 노예가 되기 십상이지만
돈 없는 놈은 가진 것은 없지만 마음만은 세상을
다 가진 것처럼 유유자적이다.

뭐? 궤변 같은 소리 작작 좀 하라고?
천만에!
돈이라는 건 돌고 돌기 때문에 돈이라는 사실을
왜 모르는가!

돈이란 마음이 가난한 자에게만 가치가 있다.

_루이제린저

196

억장 무너지는
한숨소리

오늘도 노숙자는 다람쥐 쳇바퀴 돌듯 돌아가는
한 많은 세상 수레바퀴에 이리 치이고 저리 치이며
휴우-!
억장 무너지는 한숨소리로
새우잠 청할 어둔 공간을 찾아 배회한다.

한목숨 살아남기 위한 처절한 절규의 몸부림일까?
한목숨 죽지 못해 살고 있는 핏빛 아우성일까?
과연 노숙자에게는 삶다운 삶의 비상구는 없는 걸까?
정녕 누구 탓인가?

괴로움이 없는 사람, 자유로운 사람이란 어떤 사람을 말할까요? 바로 자기가 자기 운명의 주인인 사람입니다. 자기 운명의 주인인 사람은 누구를 원망하거나 탓하지 않습니다.

_법륜스님

인간이
인간답지 못하면

천륜을 저버리는 인간 말종들이 인간의 탈을 쓴 채
존속살인을 자행하는 미치고 미친 세상이다.
그놈의 돈 때문에.
그놈의 돈이 인성은 물론이고 천륜까지 파괴하는
미친 세상이 왠지 낯설지 않은 이유는 뭘까?
인간이 인간답지 않기 때문이다.

그대, 인간이 인간답지 못하면
금수만도 못한 인간의 탈을 쓴
개망나니와 다를 바 없거늘!
제발 돈, 돈, 돈 하지 마라!
돈, 돈에 목매다는 인간은 인간이 돈으로 보이거늘!

타락한 돈 조금이 그의 주머니 바닥을 태워버렸다.

_토머스 모어 경

198

자기 하기
나름에 따라

분을 삭이지 못하여 일어나는 화가 울화다.
울화가 치밀 때는 하늘을 올려다보며 심호흡을 하라.
길게 들이쉬고 천천히 내쉬어라.
화병이라고 불리는 울화병은 스트레스가 주범이다.
21세기 첨단시대를 살아가는 우리 인간은
억울하게도 울화병을 달고 산다.
인간으로 살아가는 삶 자체가 화인 동시에
스트레스이기 때문이다.
그렇다고 너무 부정적으로 보지 마라!
이 세상에 영원히 변하지 않은 것은 없듯이
언젠가는 저절로 해소되기 마련이다.
자기 하기 나름에 따라 달라지는 게 삶이거늘!

누구든지 화는 낼 수 있다. 그것은 쉬운 일이기에. 그러니 올바른 대상에게 올바른 방법으로 올바른 시간에 올바른 목적으로 올바르게 화내는 것은 아무나 할 수 있는 쉬운 일이 아니다.

_아리스토텔레스

단 하루를 살더라도

"자기 몸에 맞지 않는 욕망에 매달리는 것은 치수가 안 맞는 남의 의복을 빌려 입으려는 것과 다름없다. 자기와는 전혀 다른 어떤 사람이 되고자 하지 말라. 그것은 불행의 시초이다."

E. 팔트의 말이다.

이 말은 자기 분수껏 살면 아무 탈이 없다는 뜻이다.
자기 분수를 모르고 사는 인간은
스스로 재앙과 화를 부른다.
단 하루를 살더라도 분수껏 살아라!
단 하루를 살더라도!
단 하루를 살더라도!

자기가 나설 무대가 아닌 곳에 함부로 나서지 말라. 세계에는 빈 곳이 얼마든지 있다.
_입센

200

모르는 소리
작작하소

말 대신 눈으로 표정으로 몸짓으로 자신을 표현하는
무언극, 판토마임.
오늘은 아랫입술 질끈 깨물고 알몸으로
전신거울 앞에 서서
춤이라도 한바탕 덩실덩실 추어야겠다.
뭐? 미친놈 날구지 떤다고?
모르는 소리 작작하소!
나름의 용기 없이는 좀처럼 할 수 없는 일이요.
자신의 알몸을 본다는 건 자신의 내면을 들여다보는
일만큼이나 가치 있고 용기 있는 일이요.

자신의 내면이 무슨 말을 하는지도 모르며 살아가는
인간이 무슨 일을 할 수 있겠소!

진정한 용기는 눈앞에 어떤 불행이나 위험이 닥쳐도 조용히 자신을 추스르며 당황하지 않고 자신의 의무를 이행하는 것이다.

_로크

 201

선택은
자신의 몫이다

금요일 저녁, 그대의 자화상은 어떤 얼굴인가요?
음주가무에 흥청망청
비틀비틀
휘청휘청
부화뇌동하는 꼴불견 얼굴인가요?
아니면 온가족 식탁에 모여 다정다감한 웃음으로
오순도순 정감 있는 대화를 나누는 정겨운 얼굴인가요?
선택은 그대의 몫입니다.
어리석은 사람과 현명한 사람의 차이는
선택의 여지에 좌우되니까요.

우리가 가진 능력보다 진정한 우리를 훨씬 잘 보여주는 것은 우리의 선택이다.

_조앤 K. 롤링

202

오늘 하루가 소중한 이유

오늘 하루를 후회 없이 사는 사람은
내일 죽어도 여한이 없는 법이고,
오늘 하루를 후회로 사는 사람은
내일 죽어도 여한이 남는 법이다.

오늘 하루를 게을리하는 사람은
내일 하루도 게을리 사는 법이고,
오늘 하루를 충실히 사는 사람은
내일 하루도 충실히 사는 법이다.

오늘 하루가 소중한 이유는
지금 이 순간 이 자리에 내가 존재하기 때문이다.

내가 헛되이 보낸 오늘 하루는 어제 죽어간 이들이 그토록 바라던 하루이다. 단 하루면 인간적인 모든 것을 멸망시킬 수 있고 다시 소생시킬 수도 있다.

_소포클레스

208

사람 사는 세상에 살고 싶다

거짓이냐 아니냐의 판단은 거짓을 말하는 자의
몫이 아니라 그것을 받아들이는 자의 몫이다.
그 이유는 내가 말한 거짓이 타인에게는
진실로 들렸으리라고 생각하는 건 위험하기 때문이며,
내가 거짓을 말했음에도 타인이 진실로 받아들이면
거짓은 진실로 포장되어 버리기 때문이다.

진실이 거짓으로 매도되고
거짓이 진실로 왜곡되는 세상은
사람 사는 세상이 아니다.
아-! 사람 사는 세상에 살고 싶다!

죄는 많은 도구를 사용한다. 그러나 그것들을 적당히 조종하는 것은 거짓이다. 죄악에는 허다한 도구가 있지만, 그 모든 것에 공통적으로 적용되는 것은 거짓말이다.

_호메로스

청맹과니
꼴불견 세상

말도 안 될뿐더러 말답지도 않은
자질구레한 헛소리 잡소리를 나불거리는 위정자들이
활개를 치는 나라에 살고 있는 국민은
하루하루가 스트레스다.
나 아니면 안 된다고 교만과 자만에 푹 빠져 있는
가방끈 긴 사이비 학자들
패거리를 지어 사리사욕을 챙기려 드는 비선실세들
사사건건 국민을 위해서라는 입바른 말로
큰절까지 넙죽넙죽 잘도 올리는 정치인들
이 모두가 선량한 국민을 팔아먹는
악질 브로커들이거늘!

아-! 언제 이런 청맹과니 꼴불견을 보지 않을 수 있을까?

정치를 외면한 가장 큰 대가는 가장 저질스러운 인간에게 지배당하는 것이다.
_플라톤

화를 억지로 참지 마라

인간은 기쁨과 화를 느끼는 감정의 동물이다.
기쁨은 긍정적인 감정의 표출이고,
화는 부정적인 감정의 표출이다.

"화는 마른 솔잎처럼 조용히 태우고 기뻐하는 일은 꽃처럼 향기롭게 하라."
혜담 스님의 말씀이다.
"네가 옳았다면 화낼 이유가 없고 네가 틀렸다면 화낼 자격이 없다."
간디의 말이다.

하지만 화가 필요할 때 제대로 화를 낼 줄 알아야
정신건강에 이롭다고 한다면 어불성설語不成說 일까?
화를 억지로 참는 것도 자기 학대나 다름없다.

화가 날 때는 100까지 세라. 최악일 때는 욕설을 퍼부어라.

_마크 트웨인

 206

지금 가진 것에 만족하라

소유에 집착하는 사람은 온갖 번뇌와 갈등에
얽매인 채 삶을 살아가기 마련이다.
늘 부족하고 불만족스런 마음으로 살기 때문이다.
소유욕에 갇혀 삶을 살아가는 사람은
지금 이 순간을 위해 살지 못하고
과거에 연연하고 미래에 대한 불안으로 살아가게 된다.
가진 것에 만족할 줄 모르는 어리석음으로
삶을 살아가는 데만 혈안이 되기 때문이다.

지금 가진 것에 만족하라!
그것만으로도 충분하지 않느냐?

내가 소유하고 있지 않은 것을 소유하고 있다고 생각하는 망상에 빠지지 말고, 내가 소유하고 있는 것 중에서 가장 은혜로운 것을 생각하라. 또한 나에게 그것들이 없었다면 나는 얼마나 그것을 갈망했을 것인가를 생각해 보고 감사하게 여겨라.

_아우렐리우스

207

무대책이 대책인 세상

하루가 다르게 미쳐 돌아가는 세태를 살아가자니
이놈의 가슴 응어리, 마치 제 세상을 만난 듯
천방지축으로 날뛰고 설쳐댄다.
이놈의 응어리, 무슨 수를 내서라도 요절은 내야 하는데
웬걸, 속수무책이다.
세상이 바뀌지 않는 한
낙타가 바늘을 통과하는 것만큼이나 어렵다.
젠장, 별도리 없다. 무대책이 대책이다.
두 눈 부릅뜨고 그냥 묵묵히 지켜보는 수밖에!
사람 사는 세상,
인간이 인간답게 살아갈 수 있는 세상이 올 때까지.

우리들의 증오심이 너무나 격심하면 그것은 우리들이 미워하는 사람보다 우리 자신이 더 하찮은 사람으로 전락되는 것이다.

_라 로슈프코

208

거꾸로 보이는 세상이 아름답다

그대, 혹여 물구나무서기를 해본 적이 있나요?
오늘은 큰맘 먹고 물구나무서기를 한번 해보세요.
비정상이 정상으로 대우받는 이놈의 미친 세상.
정상이 비정상으로 매도되는 이놈의 미친 세상.
거짓이 진실로 둔갑하는 이놈의 미친 세상.
돈과 권력이 온갖 더러운 잡탕질을 해대는
이놈의 미친 세상.

지금 당장 침묵의 물구나무서기로
한바가지 욕지기를 중얼거리며 단죄해 보세요.
잠시나마 거꾸로 보이는 세상이 아름답게 보일 테니까요.

인간은 그가 말하는 것에 의해서보다는 침묵하는 것에 의해서 더욱 아름답다.
_탈무드

희망고문이 아니길

가진 게 너무 없어 한이 되는 세상.
가진 게 너무 많아 주체를 못하는 세상.
살아남기 위해 아귀다툼을 벌이는 세상.
돈 놓고 돈 먹기가 판을 치는 노름판 세상.
이 모두가 유감시대를 살아가야 하는
우리네 모두의 또 다른 자화상이다.

언제쯤 가진 게 없어도 마음이 편해지는 세상.
가진 것을 기꺼이 베풀 줄 아는 세상.
서로서로 배려하며 사는 세상.
돈이 인생의 전부가 아닌 세상이 언제 오려나.
제발, 정신 나간 희망고문이 아니길 빌어 마지않는다면
이 또한 염치없고 주제넘고 허튼 바람일까?

만족할 줄 아는 사람은 부자고, 탐욕스러운 사람은 가난한 사람이다.

_솔론

210

살아있되 죽은 것이나 다름없는

말이 말로 소통되지 못하고
두 팔 두 다리는 꽁꽁 묶여 제 기능을 잃고
두 눈은 눈뜬장님이라 볼 수 없고
두 귀는 귀머거리라 들을 수 없고
머릿속에는 생각이란 게 없고
마음은 여백 하나 없고
심장 뛰는 소리는 들릴 듯 말 듯 하고
영혼은 고갈되어 메마른 먼지만 풀풀 날리고.
고로 우리 모두는 살아 숨 쉬고는 있으나 죽은 것이나
다름없는 식물인간이다.

나는 종종 성인들이 단 며칠간만이라도 맹인과 귀머거리가 될 수 있다면 좋을 것이라고 생각한다. 왜냐하면 맹인이 되면 시력의 중요성을 알게 될 것이고, 또 귀머거리가 되면 소리의 중요성을 알게 될 것이기 때문이다.

_헬렌 켈러

211

꿈이 없는 사람은

그대, 어쩌면 우리네 삶은 방향감각을 상실한
미로를 닮았는지도 모른다.
이 길이 저 길 같고, 저 길이 이 길 같은
혼돈 속에 살고 있기 때문이다.
하루를 하루답지 못하게 살아가는 사람은
꿈이 없는 사람이다.
무릇 꿈이 없는 사람은
비상구조차 없는 미로의 삶을 사는 사람이다.

그대, 비상구조차 없는 미로 같은 삶을 살지 마라!
온갖 열정과 노력이 자칫 공염불이 될 수 있으니까.

인생에서 목표를 삼아야 할 것은 두 가지다. 하나는 원하는 바를 이루는 것, 또 하나는 그것을 즐기는 것이다. 오직 현명한 인간만이 두 번째까지 이뤄낸다.

_로건 피어솔 스미스

212

영혼이
우리에게 말한다

영혼이 풍족한 사람은 탐욕에 초연하지만
영혼이 빈약한 사람은 탐욕에 얽매여 산다.
영혼이 맑은 사람은 남에게 상처를 주지 않고 살지만
영혼이 혼탁한 사람은 남에게 상처를 주며 산다.
영혼이 건강한 사람은 남과 다투지 않지만
영혼이 병든 사람은 남에게 사사건건 시비를 건다.
영혼이 밝은 사람은 매사 당당하지만
영혼이 어두운 사람은 줏대가 없이 떳떳하지 못하다.
영혼이 고귀한 사람은 행복한 삶을 살아가지만
영혼이 비천한 사람은 불행한 삶을 살아간다.

돈 부족보다 더 큰 가난은 무식이라 불리는 가난이다. 대부분의 남자들과 여자들은 세상의 아름다움, 좋은 것, 그리고 영광들을 모르고 있다. 그들의 영혼은 빈약하다. 빈약한 지갑보다 더 고통스러운 것은 빈약한 영혼이다.

_토마스 드라이어

213

당당한 삶이란

오늘 하루 지금 이 순간, 당당한 삶을 살고 싶으면
선불리 무릎 꿇고 구걸하지 마라!
비굴한 삶을 사느니 차라리 죽을 각오로
당당하게 맞장을 뜨라!

당당한 삶을 살고자 하는 자에게 위기는 기회이며
불행은 스쳐지나가는 바람 같은 신기루일 뿐이다.
남이 대신 살아줄 수 없는 것이 우리네 삶이다.
당당한 삶은 자기답게 살고자 하는 의지에 좌우되며
선택한 자신의 삶을 묵묵히 살아가는 자의 몫이다.

삶이 그대에게 주는 것은 오직 10퍼센트이다. 나머지 90퍼센트는 이제부터 그대가 할 몫이다.

_엘리스 크로우

 214

결코 소유해서는 안 되는

미망과 집착은 풀잎에 맺힌 아침이슬과 같은 것이다.
이슬은 그냥 가만히 내버려두어도
태양이 떠오르면 자연히 사라져 버리지만,
미망과 집착은 방치하면 할수록 눈덩이처럼
불어나는 속성덩어리다.

집착은 미망을 부르며, 미망은 집착을 부추긴다.
사리에 어두워 갈피를 잡지 못하고
이리저리 헤매는 정신 상태를 미망이라면,
결코 소유해서는 안 되는 것들에 대한
이기적인 탐심이 집착이다.

오직 자신만을 위해 사는 이기적인 사람은 남에게는 죽은 것과 다름없는 존재다.

_퍼블릴리우스 시러스

비워야만
채울 수 있다

채우기에 급급해 하는 사람일수록
비우기에 인색하기 마련이다.
비우기가 죽는 것보다 두렵기 때문이다.

지금 이 시간 비우자!
비우면 삶이 가벼워진다.
지금 이 순간 비우라!
비우면 삶이 자유롭고 편안해진다.
지금 바로 비워야 한다!
비우면 삶이 단순해지고 행복해진다.

비우는 시기를 놓쳐버리면 우리의 몸과 마음
그리고 정신과 영혼은 하루하루 병들어가니까.
비워야만 채울 수 있는 여지를 가질 수 있거늘!

넘침이 지체하면 그 순간부터 섞는다. 가진 자는 가난뱅이 비운 자는 부자. 가진 부자는 순간이고, 비운 부자는 영원이다.

_소천

216

자기반성은

자기반성은
자신 고유의 인성을 일깨워주는 깨달음이다.
자기반성이 없거나 모르는 사람은
무지와 어리석음으로 삶을 살아가는 불쌍한 사람이다.
자기반성을 멀리하고 두려워하는 사람은
자신만 아는 에고이즘에 사로잡힌 사람이다.
반성하는 자신을 상상할 수 없고 믿을 수 없기 때문이다.
자기반성은 자신이 자신에게 주는 감사장이다.

반성은 나무와 같다. 싱싱할 때 심지 않으면 뿌리를 내리지 못한다.

_생트 뵈브

217

매일매일의 의미를 찾아라

매일매일 반복되는 일상이라 해서 소홀히 하지 마라!
자칫 내일의 나태함이 될 수 있으니까.
매일매일 찾아오는 일상이라 해서 짜증내지 마라!
짜증은 스트레스의 원인이 되니까.
매일매일 주어지는 일상이라 해서 싫증내지 마라!
싫증은 자칫 권태를 부르기 쉬우니까.

일상은 한 생각과 한마음 그리고 한 행동이
서로 엇박자를 내지 않아야 한다.
생각이 마음을 움직이고, 마음이 행동으로 빛을 발할 때,
행동이 올바르게 평가받을 때
비로소 그 의미와 가치를 찾을 수 있으니까.

인간은 항상 시간이 모자란다고 불평을 하면서 마치 시간이 무한정 있는 것처럼 행동한다.

_세네카

218

기도하는 일상은 향기롭고 아름답다

기도는
자신에 대한 고귀한 믿음이며 소중한 용기이다.
그대, 오늘 그리고 내일도 기도할 수 있는 〈참나〉를 찾으라.
기도로 온갖 미혹과 미망에 사로잡혀 방황하고 있는
자신을 원래 있던 자리로 되돌려 놓으라.

무릇 기도는 자신의 내면을 들여다보게 하는
반성과 긍정 그리고 진실의 힘이거늘!
하루 한 번의 기도는 하루의 신념을 확인하는
자신과의 둘도 없는 약속이다.
그대, 기도하는 일상은 향기롭고 아름답다.

편하게 살게 해달라고 기도하지 마라. 강한 사람이 되기를 기도하라. 너의 힘에 알맞은 일을 달라고 기도하지 말라. 너의 일을 처리할 수 있는 힘을 달라고 기도하라.

_P. 브룩스

219

그냥 있는 듯 없는 듯 살라

우리는 그 아무것도 소유할 수 없는 공空의 존재이다.
공은 있는 듯하면서 없으며, 없는 듯하면서 있는 것이다.
지금 우리가 소유할 수 있는 건 육체라는
빈 껍질 하나뿐이거늘!
언젠가는 공기 속을 부유하는 한 줌 먼지로
돌아가야 하는 게 우리네 운명이거늘!

그대, 오늘은 얼마나 더 채우고, 더 늘리고, 더 모으려
안달하지 말고 조금씩만 비워내고, 조금씩만 덜어내고,
조금씩만 나누는 깨달음의 하루가 되자.

나는 육체에서 분리된 영혼을 믿지 않는다. 나는 육체와 영혼은 동일한 것이며, 육체의 생활이 이미 존재하지 않게 되었을 때는 양자는 함께 끝난다고 생각한다.

_앙드레 폴 기욤 지드

220

텅 빈 가슴으로 살자

가슴이 비어 있는 사람은
포용과 배려의 미덕을 아는 사람이며
가슴이 꽉 차 있는 사람은
자기 잘난 맛에 길들여진 사람이다.
자성으로 자신을 뒤돌아보는 사람은
가슴이 비어 있는 사람이며
타성으로 자신을 우쭐대며 뽐내는 사람은
가슴이 꽉 찬 사람이다.
가슴이 비어 있는 사람은
측은지심으로 사람을 대하지만,
가슴이 꽉 찬 사람은
겉치레 동정으로 사람을 저울질한다.
오늘은 텅 빈 가슴으로 자신의 마음을 들여다보자.
둥근 모양인지 각진 모양인지 확인해보자.

자기를 지도하는 가장 위대한 스승은 자기의 마음이다.

_사명대사

덧없고 부질없는 인생

우리의 인생은 덧없음이며 부질없음이다.
그냥 분수껏 능력껏 만족하며 사는 게 인생이다.
그냥 아무 일 없었던 것처럼 살자!
그냥 한 번도 후회하지 않은 것처럼 살자!
무릇 인생의 긴 여정은 받아들이고,
도전하고, 마무리하기 나름이거늘!

그대, 한 번뿐인 인생 허투루 낭비하거나
멋대로 생각하고 함부로 행동하지 마라.
그럴수록 더 작아지고, 더 짧아지고, 더 줄어드는 게
인생이기 때문이다.

인생을 심각하게 받아들이지 마라. 어차피 당신은 살아나가지 못할 테니까.
_허바드

222

황혼의 얼굴

그대, 거울에 비친 황혼의 주름진 얼굴을
결코 외면하지 마라!
결코 지우려 하지 마라!
황혼의 시기는 삶의 마지막 담담함이거늘!

그대, 황혼의 그림자에 주눅 들지 말자!
인간이라면 누구나 한 번은
황혼의 그림자를 밟게 되니까.

오늘은 황혼이 여지껏 살아온 삶의
최후 변론이라 생각하는 하루가 되었으면 한다.

세월은 피부를 주름지게 하지만 열정을 포기하는 것은 영혼을 주름지게 한다.

_사무엘 울만

223

무욕과 탐심

그대, 오늘은 얼마나 더 가지려
노심초사 안달복달 아등바등 아우성인가요?
그러지 마세요.

오늘은 감당할 수 있는 만큼만 가지세요.
오늘은 필요한 만큼만 가지세요.
분수에 넘치고, 정도가 지나치면 모자라는 것보다
못한 법이니까요.

더 많은 탐심에 집착하면 할수록 물질의 주인이 아닌
노예가 되기 십상이니까요.
무욕은 탐심을 내려놓을 때 오는 깨달음이며,
탐심은 있는 것과 가진 것조차 잃게 하는 미망입니다.

분수에 맞지 않는 복과 까닭 없는 소득은 조물주의 낚시 미끼가 아니라면 곧 세상 사람들의 함정이리라. 이런 경우에는 눈을 높이 떠보지 않으면 그 꾐 속에 빠지지 않을 자가 없느니라.

_채근담

224

자신의 삶은 자신의 것이다

오늘은 거울 속에 비친 자신을 유심히 살펴보세요.
나름의 초상화를 그리며 과연 나는 누구인가? 하고
한번 물어보세요.
여태껏 살아온 삶의 무대 위에서 주인공으로 살아왔는지,
조연으로 살아왔는지, 엑스트라로 살아왔는지
한번 되돌아보세요.

주인공으로 살아왔다고 자부하는 사람은 앞으로의 삶도
주인공으로 살아갈 자격이 있는 사람입니다.
왜냐고요?
자신의 삶은 남이 개입하거나 간섭하거나 대신할 수 없는
자신만의 것이니까요.

자신이 해야 할 일을 결정하는 사람은 세상에서 단 한사람, 오직 나 자신뿐이다.

_오손 웰스

225

산사 풍경소리

그대, 산사山寺 풍경소리를 들어본 적이 있나요?
한번 들어보세요.
있음과 없음에 고민하고, 좋고 나쁨에 갈등하고,
옳고 그름에 방황하는 분별 잃은 마음이
한없이 맑아집니다.
미망과 망상으로 아귀다툼을 벌이는 세파의
온갖 잡음은 어느새 저만치 돌아앉아
고요 속에 빠져드는 자신을 깨닫게 될 테니까요.

오늘은 고즈넉한 산사의 풍경소리를 들으며
기쁨이 충만한 마음의 여유로 자신을 되돌아보는
하루가 되었으면 합니다.

행복하게 산다는 것은 마음의 평온함을 뜻한다.

_시세로

빈 마음이 본마음이다

무심無心은 속가에서는 마음이 없다는 뜻이지만,
불가에서는 집착이 없는 무소유를 가르치는
빈 마음이란 뜻이다.
소유할 것이 없으니 마음 또한 비어 있기 때문이다.
한 생각 돌이키고, 한마음 내려놓음이
곧 무심의 경지이거늘!

오늘은 "빈 마음이 곧 우리의 본마음이다. 무엇인가 채워져 있으면 본마음이 아니다"라는 법정스님의 말씀을 깨우치는 하루가 되자.

모든 일은 마음이 근본이 된다. 마음에서 나와 마음으로 이루어진다. 청정한 마음을 가지고 말하거나 행동하면 즐거움이 그를 따른다. 그림자가 형상을 따르듯이.

_법구경

일일신우일신
日日新又日新

하루하루는 늘 새로워야 한다.
새롭다는 건 변화를 두려워하지 않는 마음가짐이다.
변화를 두려워하지 않는 마음가짐은
주어지는 시간 속에서 나름의 노력으로 최선을
다할 때 제자리를 찾는다.

하루하루를 그냥 헛되이 낭비하지 마라!
하루를 게을리하는 사람은
삶을 포기하는 것이나 다름없기 때문이다.

그대, '오늘 하루'는 오늘 하루로 마무리하라!
'오늘 하루'는 '내일 하루'로 결코 이월할 수 없는
소중한 시간이거늘!

매일 자신을 새롭게 하라. 마음이 새롭지 않고서는 어떤 것도 이룰 수 없다.
_동양 명언

228

침묵은 자신과의 소통이다

오늘의 침묵은 오늘의 '나'를 뒤돌아보는
자신과의 소통이다.
하루에 단 5분이라도 나름의 침묵을 벗 삼자.
평소에 소홀히 했던 자신을 들여다볼 수 있다.
온갖 망상과 번뇌로 마음이 불안할 때
침묵을 동반한 명상으로 자신을 뒤돌아보라!
참다운 나를 만나는 기쁨을 누리게 될 테니까.

오늘은 '인간은 말하는 것은 배우지만 침묵하는 것은
여간해서는 배우지 않는다'는
유태 격언을 되새기는 하루가 되자.

무엇으로 침묵을 사랑하라. 침묵은 입으로 표현할 수 없는 열매를 너희에게 가져올 것이다.

_트라피스트

229

남자라는 이유로

이순耳順의 남자는 외로움을 탄다.
누가 곁에 있어도 그냥 외롭다.
혼자 있어도 마냥 외롭다.

이순의 남자는 지나간 과거를 회상한다.
즐거웠던 날보다 우울했던 날이 뼈에 사무친다.

이순의 남자는 가끔 혼자 몰래 운다.
울면서 과거의 추억을 되새김질한다.
왜 그렇게 아등바등 살아야만 했을까?
하는 독백을 수없이 읊조리면서.

늙은이를 견딜 수 없게 하는 것은 정신과 육체가 쇠퇴해지는 것이 아니라 추억이라는 즐거운 짐 때문이다.

_서머트 몸

230

하심下心

자리 하나가 바뀌었을 뿐인데
왜 이토록 달라 보이는 걸까?
소박함이 묻어나는 표정 하나하나
겸손과 배려가 몸에 배인 몸짓 하나하나
더 낮은 곳을 향해 고개를 숙일 줄 아는 하심下心.

왠지 마음이 흐뭇해진다.
왠지 눈물이 나려고 한다.
별세계를 보는 듯한 기분이다.
이제야 인간적인 향기가 나는 사람을 만난 것 같다.
그냥 기분이 좋다.
이제야 인간답게 마음껏 웃을 수 있는
세상다운 세상을 만난 것 같다.

왠지 내일이 기다려진다.

겸손이란 확고하나 거만치 않으며 조용하나 무언은 아니며 강하나 거친 것은 아니다.

_스미스

자기 긍정으로 하루를 시작하자

"새벽에 일어나서 운동하고 공부하고 노력하는데도 인생에서 좋은 일이 일어나지 않는다고 말하는 사람을 본 적이 없다."
앤드류 매튜스의 말이다.

이 말은 자기 긍정으로 하루를 시작하는 사람에겐 실패와 좌절은 있을 수 없다는 뜻이 아닐까?

그대, 자기 긍정은 자신과의 약속이다.
자신과의 약속을 소홀히 하는 사람은
자기합리화에 전전긍긍하는 위선적인 사람이거늘!

인생은 될 대로 되는 것이 아니라 생각대로 되는 것이다. 자신이 어떤 마음을 먹느냐에 따라 모든 것이 결정된다. 사람은 생각하는 대로 산다. 생각하지 않고 살아가면 살아가는 대로 생각한다.

_조엘 오스틴

232

손편지의 낭만

그대, 요즘도 가끔 손편지를 써서
우표를 붙이고 우체통에 넣고 있나요?
편하고 편리한 이메일이 있는데 그게 무슨 대수냐고요?
그대는 정서가 메마른 성격의 소유자군요?
왜냐고요?
디지털 시대에 산다고
아날로그 시대의 추억을 도외시하는 건
낭만을 느낄 줄 모르는 사람이기 때문입니다.
낭만은 때로는 인간의 감정을 풍부하게 해주는
자양분이 되기도 합니다.

오늘은 더없이 소중한 사람에게 손편지를 써보는
의미 있는 하루가 되었으면 합니다.
'미안해, 고마워 그리고 사랑해'라는 마음을 담아서 말이죠.

편지는 눈앞에 없는 사람을 사랑하는 마음의 눈이다.
_안토니오 페레스

이보게, 친구

오늘 친구 하나를 잃었다.
아직은 더 살아야 하는데,
아직은 할 일이 더 남았다고 푸념을 늘어놓던
친구를 잃었다.
이보게, 친구! 너무 서러워 마시게.
미완성으로 끝나는 게 우리네 인생 아니던가.
이보게, 친구!
이승을 떠나 저승으로 가는 길 외롭다 하지 마시게.
저승이 이승 같고, 이승이 저승 같은
우리네 삶이 아니던가!

이보게, 친구! 잘 가시게.
훗날 다시 만나세. 다시 만나 소주 한 잔 하게나.

아무리 올바르게 말하고 행할지라도 그것으로 말미암아 친구의 감정을 손상시키고 친구를 잃어버리게 된다면 어리석은 짓이다.

_호라티우스

최선을 다하는 하루가 돼라

황혼기에는 하루의 시간을 그냥 헛되이 낭비하지 않아야 한다.

"하루하루가 생의 마지막 날이라고 생각하라. 그러면 뜻하지 않은 오늘을 얻어 기쁨을 갖게 될 것이다." 호라티우스의 말이다.

자신에게 최선을 다하는 하루하루는 자신을 배신하지 않는 법이거늘!

나의 실패와 몰락에 대해서 책망할 사람은 나 자신 이외는 없다. 나는 깨닫게 되었다. 내가 내 자신의 최대의 적이며 나 자신의 비참한 운명이 원인이었던 것이다.

_나폴레옹

 235

부부는 '나'를 버리고 '우리'여야 한다

부부는 외로움을 몰라야 한다.
부부는 늘 서로 그리워할 줄 알아야 한다.
부부는 어제보다는 오늘을
오늘보다는 내일을 함께 누려야 한다.
부부는 서로서로 버팀목이 되어야 한다.
부부는 '나'를 버리고 '우리'가 되어야 한다.
부부는 정겹고 살가운 다정으로
동고동락하는 동업자가 되어야 한다.

원만한 부부 생활의 비결은 결코 죽느냐 사느냐 하는 아슬아슬한 지경에까지 이르지 않도록 하는 것이다.

_도스토옙스키

황혼을 즐기는
하루하루가 돼라

그대, 지금 이 시간, 황혼의 속박으로부터
자유로울 수 있는 마음 공부를 하라!
그래야 양 어깨를 짓누르고 있는 삶의 무게가
가벼워지고 삶의 채무에서 자유로워진다.

그대, 황혼을 즐기는 하루하루가 돼라!
무념무상의 마음 공부로 황혼에 맞설 때
비로소 덧없는 세월을 살아온 삶이
결코 헛되지 않았다는 사실을 깨달을 테니까.

추억이 우리를 즐겁게 하기 시작하면 우리는 점점 늙어가고 있는 것이다. 그리고 추억이 우리를 괴롭히기 시작할 때 우리는 늙어버린 것이다.

_페에터어 시리우스

237

자신이 빛나는 길은

자신의 인격과 품성을 빛나게 하는 길은
매사 배려하고 겸손하게 처신하는 것이다.
이기적인 사고방식으로 무장한 우매한 인간은
거만하게 굴고 잘난 체해야만 직성이 풀리고
자신의 인격과 품성이 빛난다는 착각 속에서 산다.

남의 고통이나 어려움을 자신의 고통이나
어려움으로 아는 자비의 눈을 가진 사람은
지혜롭고 현명한 마음의 눈을 가진 사람이다.

꽃에 향기가 있듯 사람에겐 품격이 있다. 그런데 꽃이 싱싱할 때 향기가 신선하듯이 사람도 마음이 밝을 때 품격이 고상하다. 썩은 백합꽃은 잡초보다 오히려 그 냄새가 고약하다.

_셰익스피어

238

산이 우리에게 말한다

게으른 자는 산을 오르지 않는다.
오늘의 자신을 들여다볼 수 있는
내면의 거울이 없기 때문이다.
마음이 바르지 못한 자
생각의 깊이가 얕은 자
정신이 메마른 자
영혼이 황폐한 자는 산을 싫어한다.
산을 오르면 산만한 정신은 안정을 얻고
탁한 영혼은 맑아진다는 진리를 모르기 때문이다.

산을 좋아하는 사람은 말한다.
오늘도 산을 오르는 이유는 산이 있어
내가 오르는 것이 아니라 내가 있어 산을 오른다고.

"왜 나는 산에 오르는가?" 이 물음에 대답할 말이 없다. 다만 있다면 "어떻게 해서든지 올라가야겠다"는 것뿐이다.

_마르크스 슈무크

세월무상

그대, 가는 세월이 서러운가요?
그대, 오는 세월이 버거운가요?
가고 오는 세월의 흐름에 안달복달 연연하지 마세요.
가면 가는 대로 가는 것이 세월이고
오면 오는 대로 오는 게 세월이니까요.
그냥 묵묵히 지켜보면서 제 할 일만 하세요.
가는 세월 붙잡는다고, 오는 세월 가로막는다고
가지 않을 세월도 아니고
오지 않을 세월도 아니니까요.
왜 오냐고 왜 가냐고 투정을 부려본들
자기 얼굴에 침 뱉는 격이니까요.

청춘은 다시 오지 않고 하루는 다시 새기 어렵다. 세월은 사람을 기다리지 않는다.
_도원명

아!
어머니! 어머니!

오늘 지금 이 시간, 이 순간
한평생을 자식에 대한 희생과 헌신으로 살아온
어머니의 은공을 단 1분이라도 가슴속 깊이
뼈저리게 느끼며 사는 자식들은 과연 몇이나 될까?
글쎄다.
아니, 의문이다.
아니, 모래밭에서 바늘 찾기다.

어머니의 희생과 헌신을 당연한 것으로 받아들이는
자식들이 있다면 그 자식들은 부모가 될 자격이 없는
정신장애를 가진 것과 다름없다.

어머니의 마음은 자식의 공부방이다.
_비이처

우리가 바라는 행복이란

그대, 이 세상에 가장 큰 행복은
꾸밈이 없고, 거짓이 없는 수수한 행복이다.
크고 화려한 행복은 우리 곁에서 오래 머물지 않고
잠시 스쳐가는 바람이지만
꾸밈이 없고 거짓이 없는 수수한 행복은
늘 우리 곁에서 우리와 더불어 있기 때문이다.

하여 나보다 나은 사람을 부러워하지 않는 마음에서
우러나는 행복이 진정한 행복이다.
우리가 바라는 행복이란 그런 것이다.

사람들은 행복을 찾아 헤매고 행복은 누구의 손에든지 잡힐만한 곳에 있다. 그러나 마음속에서 만족을 얻지 못하면 행복을 얻을 수 없다.

_호라티우스

동심은 어른들의 마음의 고향이다

삶을 살아가며 세월의 때가 묻어감에 따라
순수한 마음을 잃어버린 어른일지라도
동심은 마음속 어딘가에 자리를 지키고 있다.
어린 시절을 그리워하는 마음으로
동심의 세계를 여행할 수만 있다면
그것만으로 충분히 행복해질 수 있다.

그래서 사람은 나이가 들어갈수록
단순한 어린이가 되는지도 모른다.
동심은 어른들의 마음의 고향이니까.

동심이 없을 때 온 세상은 지옥이 된다. 동심으로 살아갈 때 온 세상은 극락이 된다. 깔깔 웃는 동자의 얼굴에서 찌들은 고뇌의 얼굴은 사라지고 활짝 피어나는 천 송이 만 송이 연꽃이 된다.

_작자 미상

243

그대는 어떤 그릇인가요?

그 누구는 〈풍족한 그릇〉으로 인생을 살아가지만
그 누구는 〈부족한 그릇〉으로 인생을 살아간다.
하지만 멋지고 훌륭한 인생을 살아가기 위해
반드시 〈풍족한 그릇〉이 필요한 것은 아니다.

그대, 현재의 〈그릇〉이 풍족하지 않다고 낙담하지 말라!
자신보다 훨씬 〈부족한 그릇〉을 가졌음에도
오로지 그것을 만족으로 알고
멋지고 훌륭한 인생을 살아가는 사람들이 많기 때문이다.

그대, 〈그릇〉을 탓하지 말라!
〈부족한 그릇〉으로도 인생다운 인생을, 삶다운 삶을
살아갈 수 있는 가능성은 누구에게나 열려 있거늘!

인생은 그 입구에서 볼 때만 한없이 멀고 아득하다. 인생은 그 출구에서 볼 때는 오히려 너무 짧다.

_쇼펜하우어

성공한 인생은

'남의 주체'를 의식하면 할수록 '나의 주체'를 잃는다.
'남'은 남의 인생이고 '나'는 내 인생이다.
어리석은 사람은 남의 인생이 만들어놓은 기준에
나의 인생을 짜 맞추고,
현명한 사람은 남의 인생이 만들어 놓은 기준을
내 인생의 기준으로 변화시킨다.
'나'를 '남'의 기준에 맞추면 얻는 건
채워지지 않는 만족과 아물지 않는 상처뿐이다.

그대, 모름지기 성공한 인생은 남의 인생을 흉내 내고
모방하는 것이 아니라
나의 인생을 내 방식대로 살아가는 것이다.

성공한 사람들은 모두 자신의 뜻을 향해 쉬지 않고 부지런히 걸어간 사람이다.

_노먼 빈센트 필

245

좋은 습관 나쁜 습관

사람은 알게 모르게 습관이란 틀에 갇혀 산다.
습관은 뿌리가 깊은 나무와도 같다.
뿌리가 깊은 나무는 쉽게 뽑히지 않는다.
자신도 모르게 몸에 밴 습관은
현재의 그 사람을 말해주는 척도가 된다.

성공한 사람은 나쁜 습관을 바꾼 사람이고,
실패한 사람은 나쁜 습관을 바꾸지 못한 사람이다.
좋은 습관은 성공의 지름길이 될 수 있지만,
나쁜 습관은 실패의 지름길이다.

그대, 명심하자!
좋은 습관은 나쁜 습관보다 포기가 빠르고,
나쁜 습관은 하루아침에 바뀌지 않는다는 것을!

인간은 어떤 한순간의 노력으로 특정 지어지는 것이 아니라, 반복되는 행동에 의하여 규정된다. 그러므로 위대한 것은 습관이다.

_아리스토텔레스

삶이 소중한 이유는

삶은 인간이라면 누구도 피해갈 수 없는 아니,
피할 수 없는 인생의 긴 여정과도 같다.
삶이 죽음보다 소중하고 고귀한 이유는
죽어야 하는 이유보다 살아야 하는 이유가
더 많기 때문이다.

"개똥밭에 굴러도 저승보다 이승이 더 낫다"는 말도 있듯 지금 이 순간 살아 숨 쉬고 있다는 그 자체는
신의 축복인 동시에 선물이다.
인간의 삶은 그 아무리 전지전능한 신이라 해도
단죄할 수 없는 인간으로서의 고유한 특권이다.

결국 인간은 죽는 것이다. 나를 필요하다고 해주는 세계는 아무 데도 없다. 그런데도 우물쭈물 살아간다는 것은 치욕이다.

_미우라 아야코

시련과 고난이 없는 인생은 없다

그대, 시련과 고난이 없는 인생은 없다.
시련과 고난을 통해 인생을 배우고
자신을 알게 되는 존재가 우리 인간이다.
시련과 고난이 없는 평탄한 인생을 살기를 바라는 건
어리석음의 극치인 것을!
무릇 시련과 고난이 없는 인생은 매사 무기력증에 빠져
허우적거리기 십상이다.

그대, 오늘은 시련과 고난을 부정하고 거부하는 인생은
있으나 마나 한 허울뿐인 인생이라는 사실을 되새기는
하루가 되어야겠다.

하나의 어려운 일을 참고 극복했다면 그 순간부터 그 사람은 강한 힘의 소유자인 것이다. 어려움과 장애물은 언제나 새로운 힘의 근원이다.

_B. 러셀

세월의 두 얼굴

하루하루가 행복이라고 생각하는 사람에게는
인생이 짧게 느껴지고
하루하루가 불행이라고 생각하는 사람에게는
인생이 길게 느껴지는 법이다.
세월의 흐름을 불평 불만으로 탓하는 사람에게는
느리게 흐르고
세월의 흐름을 당연지사로 받아들이는 사람에게는
빠르게 흐른다.

젊음은 세월이 빨리 흘렀으면 하고 바라고
늙음은 세월이 느리게 흘렀으면 하고 바란다.
이것은 당연한 인지상정이다.

세월은 본래 길건만 바쁜 자는 스스로 줄이고 천지는 본래 넓건만 천한 자는 스스로 좁히며 바람과 꽃과 눈과 달은 본래 한가한 것이건만 악착같은 자는 스스로 분주하니라.

_채근담

5

가장 아름답고 벅찬 하루

그대, 하루를 가볍게 보지 마라!
내일 또 오는 하루라고 해서 게을리하지 마라!
오늘이 내일이 될 수 없고, 내일이 오늘이 될 수 없음이
세상사 이치이거늘!

새벽길을 걷는 사람이 첫 이슬을 턴다

오늘도 새벽을 맞이할 수 있다는 건
아직 살아있다는 증거다.
'새벽길을 걷는 사람이 첫 이슬을 턴다'는 속담도 있듯
나름의 부지런으로 새벽을 맞이하라!

오늘은 하루가 열리는 새벽과 함께
하루를 시작하는 사람에게는
실패와 좌절은 없다는 진리를 배우는 하루가 되자.

한창 때는 다시 오지 않고 하루가 지나면 그 새벽은 다시 오지 않는다.

_도연명

행복과 즐거움은 서로 시샘하지 않는다

행복과 즐거움은 삶의 지렛대이며 버팀목이다.
행복은 있되 즐거움이 없으면
삶은 무기력해지고 흥미를 잃는다.
즐거움은 있되 행복을 느끼지 못하면
삶은 피곤해지고 지치기 쉽다.
행복을 느끼지 못하면 즐거움은 일어나지 않는다.
즐거움을 느끼지 못하면 행복 또한 일어나지 않는다.

오늘은 '진정한 삶의 행복과 즐거움은
마음먹기에 따라 얼마든지 친구가 될 수 있다'는
사실을 알게 되는 하루가 되어야겠다.

행복해지기를 원하거든 작은 일에서 기쁨을 발견하는 마음의 눈을 길러야 한다. 작은 일에서 즐거움을 얻는 일에 익숙할수록 행복지수는 높아지는 것이다.

_헨리 워드 비처

251

가장 아름답고 가슴 벅찬 하루

오늘은 하루에게 칭찬 한마디를 하라.

“하루야, 어제는 정말 고마웠어.”

그리고 정중히 부탁 한마디를 하라.

“하루야, 오늘도 잘 부탁해.”

그러면 하루가 환하게 웃으며 화답할 것이다.

“걱정 마. 어제처럼만 하면 괜찮을 거야. 오늘도 파이팅!”

그리고 자신에게 주문을 걸어라!

“그래! 오늘도 아름답고 가슴 벅찬 하루가 될 거야!”

그대, 하루를 가볍게 보지 마라!

내일 또 오는 하루라고 해서 게을리하지 마라!

오늘이 내일이 될 수 없고, 내일이 오늘이 될 수 없음이

세상사 이치이거늘!

우리는 하루하루를 보내는 것이 아니라 노력으로 아름답고 참된 것들을 차곡차곡 채워가는 것이라야 한다. 하루를 뜻있게 보내라.

_존 러스킨

252

들꽃의 충고

하찮고 시시하고 보잘것없는 들꽃이라 해서
무심결에라도 선불리 꺾거나 함부로 밟지 마라!
그 들꽃, 질곡의 세파에 버림받은 한 생명의
거룩한 환생이거늘!
향기 없는 들꽃이라 해서 함부로 홀대하지 마라!
그 들꽃, 너와 나 우리 모두의 자화상이거늘!

들꽃이 우리 인간에게 충고를 한다.
어제가 눈물겹도록 후회스럽고
오늘이 서럽도록 고난하고 힘들어도
버티고 버티다 보면 눈부신 내일을 맞이할 거라고!

미래를 신뢰하지 마라. 죽은 과거는 묻어버려라. 그리고 살아 있는 현재에 행동하라.

_롱펠로

253

부부의 보람이란

부부의 참사랑 공식은 하나를 주면 하나를 받고,
둘은 주면 둘은 받는데 존재의 가치가 있다.
하나를 주면서 둘을 받아야겠다는 욕심으로
서로를 대하면 사랑 공식을 깨트리는 과욕이 된다.

부부간의 참사랑은 주고받는 사랑의
양과 질이 서로 다르지 않고
많고 적음을 따지지 않고
크고 작음을 저울질하지 않고
그냥 있는 만큼만 주고받는 것이 최고의 보람이다.

부부 생활은 길고 긴 대화 같은 것이다. 결혼 생활에서는 다른 모든 것은 변화해가지만 함께 있는 시간의 대부분은 대화에 속하는 것이다.

_요한 볼프강 폰 괴테

이기심을 내려놓고 버리고 비워라

이기심으로 삶을 살아가면 우리의 몸과 마음
그리고 영혼은 번민과 고통으로 병들어 간다.

지금 이 순간 내려놓자.
삶이 가벼워진다.

지금 이 순간 버리자.
삶이 자유롭고 행복해진다.

지금 이 순간 비우자.
삶이 평안하고 간소해진다.

이기심은 이타심利他心을 황폐하게 한다.

이기적인 사람은 남을 위할 줄도 모를뿐더러 자기 자신도 위하지 못한다.

_에리히 프롬

홀로서기로
고독과 사색을 즐겨라

그대, 홀로서기를 하면서 속으로 중얼거려 보라!
내가 누구인지?
내가 어디서 왔는지?
내가 지금 어디에 서 있는지?
내가 지금 무얼 하고 있는지?
내가 앞으로 어떻게 살아갈 것인지를!

우리는 혼자 있을 때 진정한 '나'를 만날 수 있다.
가끔 고독과 사색으로 함께 하는 홀로서기는
세파에 오염되지 않은 순수한 '나'를 만날 수 있는
소중한 기회이며 시간이다.

마음속으로라도 가족관계로 인한 온갖 의무감에서 탈출해 스스로 홀로 독립하기를 시도해 보라. 그럼 차츰 행복해진다. 고독한 일상에서 기쁨을 맛볼 수 있어야 한다. 혼자서 시간을 처리해 나가는 방법을 터득해야 한다.

_마광수

스스로 무릎을 꿇지 마라

황혼에는 자칫 나태해지기 쉬운 자신에게 떳떳해라!
한 점의 망설임도 부끄럼도 없이
당당하게 생각하고 대범하게 행동하라!
그대, 매 순간순간이 두렵고
매 순간이 버겁고
매 순간이 벅차다는 생각은 추호도 하지 마라!

세월의 무게에 짓눌려 자신에게 스스로 무릎은 꿇는
사람이야말로 구제불능 패배자 그 이상 이하도 아니다.
오늘은 언젠가는 필연으로 도래할 황혼이 두려워
밤잠 설치지 않는 숙면의 하루가 되자.

당신은 열여섯 살 때의 아름다움을 당신이 만든 것이라고 주장할 수 없다. 그러나 당신이 육십 세 때도 아름답다면 그것은 당신의 영혼이 만들어낸 아름다움일 것이다.

_마리 스톱스

257

세상에서 제일 값진 선물

세상에서 제일 값진 선물은 자기 자신,
바로 '나'라는 존재이다.
'나'는 모든 존재의 주체이다.
세상이 있음으로 내가 존재하는 것이 아니라.
내가 있음으로 세상이 존재하기 때문이다.

'나'를 부정하지 마라!
'나'를 부정하는 것은 삶을 부정하는 것이다.
'나'를 지나치게 믿지 마라!
'나'를 과신하는 것은 삶을 오만과 교만으로
살아가게 하는 이유가 될 수 있다.

오늘은 '나'에게 고맙다는 한마디를 하라!
"오늘의 나를 있게 해주어서 정말 고마워!"

자신에 대한 앎에는 끝이 없다. 당신은 끝에 도달할 수 없으며 결론에 도달할 수도 없다. 그것은 끝이 없는 강이다.

_크리슈나무르티

그리움은 열병이다

그대, 어느 한순간도 사랑하는 사람을 못 잊고 있나요?
그럼 그대는 그리움의 열병을 앓고 있군요.
그 열병, 기꺼운 마음으로 벗 삼으세요.
그 아픔 억지로 참으려 하지 마세요.
아파하면서 그 누구를 무한정 그리워하세요.
그때의 그리움은 그 누구를 미치도록 사랑하는
고귀한 증표 그 이상이니까요.

오늘은 그리움을 알게 해준 그 누군가를 위해
그리운 마음을 전하는 기분 좋은 하루가 되길!

성공하려면 세상의 모습을 있는 그대로 받아들이되 그것을 넘어서야 한다.

_마이클 코다

내일의 해돋이를 기다리는 이유

우리가 내일의 해돋이를 기다리는 이유는
오늘을 살며 지친 몸과 마음을
내일 새롭게 추스르기 위함이며
이성에 반하는 편견과 아집
속됨과 추함을 벗어던지고
인간다운 삶을 포기하지 않는 열정으로
내일을 맞이하기 위해서다.

해돋이는 오늘도 지침이 없는 포용으로
자신을 반기는 동해 바다의 포근한 가슴에 감사할 줄 안다.

내일은 인생에서 가장 중요한 것이다. 자정이 되면 내일은 매우 깨끗한 상태로 우리에게 다가온다. 매우 완벽한 모습으로 우리 곁으로 와 우리 손으로 들어온다. 내일은 우리가 어제에서 뭔가를 배웠기를 희망한다.

_존 웨인

일의 네 가지 필요충분조건

일은 조물주가 우리 인간에게 준 특혜이며 축복이다.
일은 많은 땀과 뜨거운 열정, 참고 견디는 인내와
끊임없는 노력, 이 네 가지가 필요하다.

땀은 흘린 양이 많고 적고의 차이에 그 가치가 달라진다.
열정은 쏟아 부은 마음이 더하고 덜하고의 차이에
그 가치가 좌우된다.
인내는 참고 이겨낸 정신이 무겁고 가볍고의 차이에
그 가치가 가늠된다.
노력은 일시적이냐 지속적이냐 하는 차이로
그 가치를 평가 받는다.

자기가 하는 일에 기쁨을 얻는 사람만이 그 일에서 성공을 했다고 할 수 있다.
_소로우

 261

황혼은 필수가 아닌 선택이다

황혼은 생로병사 희로애락의 굴레에서
벗어날 수 없는 인간인 이상
한 번은 반드시 거쳐야 하는 통과의례 관문이다.
피하고 싶다고 해서 피해지는 게 아니기 때문이다.
황혼은 덧없이 흐르는 세월처럼 가지 말란다고 안 가거나
붙잡는다고 되돌아서지 않는 시간의 흐름이다.
그렇다고 그냥 방치하거나 방관하지 마라!
방치와 방관은 또 다른 이름의 자기 방임일 뿐이다.

황혼은 필수가 아닌 선택이다.
어떤 황혼을 선택하느냐에 따라
남아 있는 삶의 무대가 달라지거늘!

사람은 나이를 먹는 것이 아니라 좋은 포도주처럼 익는 것이다.
_필립스

262

만 마디 말보다 한 번의 침묵이 낫다

우리는 알고 있다.
바다가 침묵할 때 그 고요함이 얼마는 두려운지를.
우리네 삶도 마찬가지다.
사람이 침묵을 지킬 때, 그 침묵 속에 감춰져 있는
분노와 야성이 얼마나 강한지를.

바다는 우리에게 말한다.
침묵을 멀리하는 사람은 자신을 믿지 못한다고.
침묵은 말없음이 아니라 묵묵히 관망하고 관조하는
자기 성찰이라고.

침묵이 우리에게 말한다.
말이 많으면 쓸 말이 적고, 말이 많은 사람은 귀 기울여
들어야 할 말을 듣지 못하는 귀머거리가 된다고.

많은 사람들이 열렬히 찾고 있지만 침묵 속에 머무는 자만이 그것을 발견한다. 말이 많은 사람은 누구나 경탄할 만한 것을 말한다 할지라도 내부는 비어 있다.

_토마스 머튼

263

자기 삶을 탓하지 마라

그대, 대범한 삶을 살고 싶으면 주어진 삶이든
선택한 삶이든 선불리 무릎 꿇고 구걸하지 마라!
비굴한 삶을 사느니 차라리 죽을 각오로
당당하게 맞장을 뜨라.

삶은 자기 자신을 탓하는 인간을 경멸한다.
삶은 남이 대신 살아주는 삶을 원하지 않는다.
대범한 삶을 살고자 하는 자에겐
위기는 기회일 뿐이며,
불행은 언젠가는 스쳐 지나가는 덧없는 바람일 뿐이다.

희망은 밝고 환한 양초 불빛처럼 우리 인생의 행로를 장식하고 용기를 준다. 밤의 어둠이 짙을수록 그 빛은 더욱 밝다.

_올리버 골드스미스

오뚝이처럼 살라

우리의 인생은 넘어짐과 일어섬의 반복이다.
넘어짐으로 해서 일어설 수 있고,
일어섬으로 해서 넘어질 수 있기 때문이다.
자주 넘어지고 자주 일어서는 연습을 하자.
많이 넘어지면 질수록, 많이 일어나면 날수록
돌아가는 세상의 이치를 똑바로 볼 수 있다.

오늘은 넘어졌다 벌떡 다시 일어나는
의지의 오뚝이를 보며 실의에 빠져 있는 자신을
일으켜 세우는 하루가 되자.
그래야만 자신이 선택한 인생 무대에 조연이 아닌
주연으로 우뚝 설 수 있다.

인생은 한 권의 책과 같다. 어리석은 사람은 아무렇게나 책장을 넘기지만 현명한 사람은 공들여 읽는다.

_장 파울

265

탐심이
사람을 죽인다

무엇을 탐하고 싶은 이기심이 없는 인간은 이 세상에 없다. 덜하고 더한 차이가 있을 뿐이다.
탐심에 눈이 먼 사람은 자신조차도 재물로 보이는 정신과 영혼이 부재중인 사람이다.

그대, 가질 수 있을 만큼만 가져라!
분수를 벗어난 맹목적인 탐심은 죽는 줄 뻔히 알면서도 불 속으로 자신을 내던지는 불나방과 다름없다.

오늘은 조금 부족한 가운데 나름의 풍요를 누리는 청빈의 하루가 되자.

나는 가장 적은 욕심을 가졌으므로 신에 가장 가까운 사람이다.
_소크라테스

백 퍼센트 완전한 인연은 없다

처음부터 백 퍼센트 완전한 인연은 없다.
완전한 인연은 서로 사랑하면서 천천히 아주 천천히
만들어 가는 것이다.
한 번 맺은 인연의 끈을 스스로 놓지 마라!
놓는 순간 '너와 나, 우리 함께'라는 관계는
남보다 못한 사이로 멀어진다.

한 번 맺은 인연은 소중하게 간직하라!
사소한 일에 변덕을 부리거나 예민해 한다거나
하찮은 일에 이기적인 집착과 아집을 보이면
그 인연은 향기 잃은 꽃이 되고
보잘것없는 추억으로 전락한다.

사람과의 인연은 본인이 좋아서 노력하는데도 자꾸 힘들다고 느껴지면 인연이 아니에요. 될 인연은 그렇게 힘들게 몸부림치지 않아도 이루어집니다. 너무 힘들게 하는 인연은 그냥 놓아 주세요.

_혜민스님

267

표류하는 인생을 살지 마라

인생의 목적이 없는 사람은 어디로 가야 할지 모르는
삶의 방향감각을 잃어버린 사람이다.
인생의 목적과 방향을 상실한 사람은
삶의 표류자가 되기 쉽다.
우리의 인생은 언제 어디에서 어떤 목적을 가지고
어디로 가야 하느냐에 따라
행복과 불행의 갈림길에서 방황하는 존재이다.

인생은 자신과의 외로운 투쟁이다.
자신과의 싸움에서 지는 순간, 목적이 없는 삶을
살아가는 나약한 인간으로 전락하고 만다.

정해진 해결법 같은 것은 없다. 인생에 있는 것은 진행 중의 힘뿐이다. 그 힘을 만들어 내야 하는 것이다. 그것만 있으면 해결법 따위는 저절로 알게 되는 것이다.

_생텍쥐페리

쾌락에
빠지지 마라

쾌락을 좇는 인간은 불빛을 향해 제 몸을 사르는
하루살이 인생이다.
제 몸이 까만 한 줌의 재로 타버릴 때까지
멈추는 법을 모른다.

쾌락은 즐겁고 달콤하다.
몰입하는 순간부터 모든 것을 자기 위주로 탐닉한다.
쾌락은 한 번 빠지면 끊기 힘들다.
그 어떤 감정보다 중독성이 강하다.

쾌락을 멀리하는 삶을 살라!
쾌락에 빠지면 현재는 더없이 즐거울지 모르나
미래는 삭막하고 고단한 법이거늘!

사람이 쾌락을 알 때 쾌락은 이미 그 고개를 넘어서고 있다. 그러나 비애는 그때에야 겨우 그 고개에 이른다.

_게오르크 짐멜

269

허수아비 사랑

그 누가 누구를 소유하고, 그 누가 누구에게
소유당하는 것이 사랑의 본질은 아니다.
사랑을 빙자한 소유는 서로를 부자연스럽게 만드는
구속인 동시에 속박이다.
구속과 속박은 아집과 집착을 부른다.
아집과 집착은 이별과 미움으로 변질된다.

그대, 진정한 사랑은 소유물이 아니다.
서로를 구속하고 속박하는 사랑은
서로를 돌아서게 만드는 원인 제공의 주범이다.
서로 이해하고 배려하는 마음이 없는 사랑은
초라하고 남루한 허수아비 사랑이다.

사랑은 모든 것을 믿고 속이지 않는다. 사랑은 모든 것을 소망하고 멸하지 않는다. 사랑은 자신의 이익을 추구하지 않는다.

_키에르 케고르

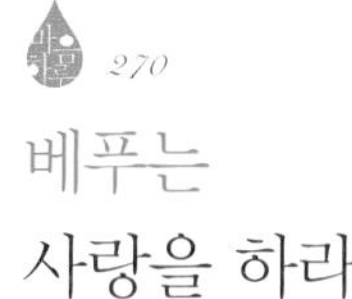

270

베푸는 사랑을 하라

삶의 진정한 가치는 서로 사랑하며
더불어 살아가야 할 이유를 알 때 비로소 깨닫는다.
많이 더 많이 사랑하라!
열심히 아주 열심히 사랑하라!
자신부터 사랑하면서 사랑을 베풀어라!
받는 사랑보다 베푸는 사랑이 더 아름답다.
지금 이 순간 미치도록 죽도록 영원토록 사랑하라!
죽을 각오로 미치게 사랑을 베풀면 베풀수록
사랑은 더 단단해지고 고귀해지는 법이거늘!

사랑은 아낌없이 주는 것이다.

_톨스토이

271

우리가
방황하는 이유는

삶의 방황은 부정할 수 없고 벗어날 수 없는
희로애락의 구속에서 자유로울 수 없는,
어쩔 수 없이 부대껴야 하는 정신적 고통이다.
우리가 방황하는 이유는 자신이 진정으로 원하는
삶을 살고 있지 않기 때문이다.

그대, 아직 늦지 않다.
늦다고 생각할 때가 가장 빠르다는 말도 있듯
지금부터라도 그대가 진정으로 하고 싶은 일을 하라!
절로 신명이 나고 즐거워지는 일을 하라!
그러면 방황이란 불청객은 시나브로 저만치 돌아앉는다.
방황은 길을 잃은 것이 아니라 새로운 길을 스스로
찾아나서는 출발점이다.

삶이란 우리의 인생 앞에 어떤 일이 생기느냐에 따라 결정되는 것이 아니라 우리가 어떤 태도를 취하느냐에 따라 결정되는 것이다.

_존 호머 밀스

꼭 가져야 하는 네 가지 마음

삶을 살아가면서 반드시 가져야 하는 네 가지 마음은
결심, 초심, 신심信心, 관심이다.
결심은 자신이 할 일에 대하여 의지를 다지는
튼튼하고 단단한 마음이고
초심은 자신이 시작하는 일에 처음의 다짐을 잃지 않는
한결 같은 마음이고
신심은 자신이 하는 일에 대해 옳다고
확고히 믿는 마음이고
관심은 어떤 일에 스스로 마음이 이끌려
주의를 기울이는 마음이다.

길고 짧음은 한 생각에 말미암고, 넓고 좁음은 한마음에 달려 있다. 그러므로 마음이 한가한 사람은 하루가 천 년보다 길고, 뜻이 넓은 사람은 한 칸의 방이 하늘과 땅 사이만큼 넓으니라.

_채근담

273

선한 사람
악한 사람

선한 사람에게는 착한 언행만 보이고,
악한 사람에게는 나쁜 언행만 보인다.
선한 사람과 악한 사람의 구분은 처음부터
타고나는 것이 아니라 자신이 어떻게 받아들이고
어떻게 적응하느냐에 따라 좌우된다.

한평생을 행하여도 오히려 부족한 것이 선행이다.
단 1분을 행하여도 그 흔적이 남기 마련인 것이 악행이다.
악은 잠시 선을 유린하고 희롱할 수 있을지는 몰라도
결코 선을 이길 수 없다.
권선징악勸善懲惡!
그것이 사람 사는 세상의 진리이며 이치이거늘!

착한 일을 하고 이익을 보지 않음은 풀 속에 난 동과와 같으니 모르는 가운데 절로 자란다. 몹쓸 일을 하고도 손해를 보지 않음은 뜰 앞의 봄눈과 같으니 모르는 중에 반드시 녹게 된다.

_채근담

자기 마음은
자신만이 알고 있다

자기 마음은 자신만이 알 수 있다.
그대, 다른 사람이 자신의 마음을 잘 알고 있다고
섣불리 단정 짓지 마라!
남이 알고 있는 자신의 마음은 사막의 신기루처럼
착시현상 그 이상 이하도 아니다.

그대, 자신의 마음은 자신만의 것이다.
그 누구를 사랑하고, 그 누구를 미워하는 것조차도
자신의 마음이 결정짓는 것처럼
남이 그 누구를 사랑하라고 해서 사랑하고
미워하라고 해서 미워하는 것이 아니지 않느냐!

자기 자신을 싸구려 취급하는 사람은 타인에게도 역시 싸구려 취급을 받을 것이다.
_윌리엄 헤즐릿

275

삶에 애착을 가지되 방임하진 마라

삶에 애착을 가지는 것은 좋은 일이다.
그렇다고 초원에 말을 방목하듯 아무렇게 풀어놓지 마라!
방임된 삶은 방향감각을 잃기 쉽다.
갈팡질팡 허둥지둥 어디로 가야 할지를 모른다.
방향감각을 잃어버린 삶은 비상구조차 없는
미로를 헤매기 십상이다.

삶은 주어지는 것이 아니라 선택 당하는 것이다.
선택 당한다는 의미는 자신의 생각과 의지와는 상관없이
어쩔 수 없이 '자기 것'이 된다는 뜻이다.

생각을 조심하세요, 언젠가 말이 되니까. 말을 조심하세요, 언젠가 행동이 되니까. 행동을 조심하세요, 언젠가 습관이 되니까. 습관을 조심하세요, 언젠가 성격이 되니까. 성격을 조심하세요, 언젠가 운명이 되니까.
_마더 테레사

미소는 향기로운 언어다

소리 없이 빙긋이 웃는 환한 미소에는 거짓이 없다.
하루에 한 번이라도 거울 앞에 서서
자신에게 미소를 선물하는 사람은 순수한 마음의
소유자인 동시에 긍정적 마인드의 소유자다.
스스로 자신을 부정하고 버림받은 영혼이라고
자책하는 사람은 미소를 드리울 줄 모른다.
미소를 잃은 얼굴로 하루를 시작하는 것은
하루를 잃어버리는 것이나 다를 바 없다.
미소는 그냥 표정이 아니라 향기로운 언어이다.

미소는 아무런 대가를 치르지 않고서도 많은 것을 이루어 냅니다. 미소는 지친 사람에게 안식이며, 낙담한 사람에게 격려이며, 슬픈 사람에게는 희망의 빛입니다. 세상 어려움을 풀어주는 자연의 묘약이기도 합니다. 미소는 대가 없이 줄 때만 빛을 발합니다.

_데일 카네기

277

해서는 안 되는
세 가지 생각

삶을 살아가면서 해서는 안 되는 생각이 세 가지 있다.
첫째, 너무 힘들어 죽겠다는 생각이다.
이 세상에 힘들지 않은 삶은 없다.
둘째, 놀고 싶다는 생각이다.
이 세상에 놀고 싶지 않은 사람은 없다.
셋째, 그만 포기하고 싶다는 생각이다.
팍팍한 삶을 살면서 포기하고 싶지 않을 때는 없다.

여간해서는 힘들어 하지 마라!
가능하면 작은 노력이라도 하라!
그리고 절대로 포기하지 마라!
오늘은 '할 수밖에 없다, 반드시 해야 한다'는
의지의 하루가 되었으면 한다.

작은 생각만큼 성취를 제한하는 것도 없다. 자유로운 생각만큼 가능성을 확장하는 것도 없다.

_윌리엄 아서 워드

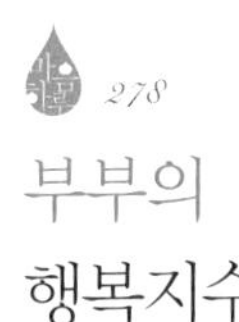

부부의 행복지수

부부의 행복지수는
지금 이 순간 열과 성을 다해 남편은 아내를
아내는 남편을 자신처럼 열렬히 사랑하고

지금 이 순간 내일의 행복을 위해 남편은 아내를
아내는 남편을 평생의 동반자로 생각하고

지금 이 순간 남편은 아내를, 아내는 남편을
서로 이해하고 서로 배려하고 서로 존중하고

지금 이 순간 남편은 아내에게, 아내는 남편하게
미안하고 고맙고 감사하는 마음을 가지는 것이다.

행복은 축복의 횟수가 아니라 행복을 대하는 우리의 태도일 뿐이다.

_알렉산더 솔제니친

오늘 하루의 의미

하루는 우리 모두에게 깨달음을 주는 스승이다.
하루는 너와 나, 우리가 지금 이 순간 어디에 있는지를
냉정하게 알려주는 이정표이기 때문이다.
하루는 우리가 희망의 출발선에 서 있는지,
절망의 늪에 빠져 있는지를 알려주는
공평무사한 심판관이다.
하루는 우리가 노력한 만큼만 인정하고,
이룬 만큼만 베푸는 현실주의자임을 간과하지 마라!

하루는 꾸준히 땀을 흘리며 열심히 노력하는 자에게는
동등한 자격을 주지만
이기적인 이해타산으로 자신만을 위하는 자에게는
결코 호의를 베풀지 않는다.

우리는 일 년 후면 다 잊어버릴 슬픔을 간직하느라고 무엇과도 바꿀 수 없는 소중한 시간을 버리고 있습니다. 소심하게 굴기에 인생은 너무나 짧습니다.

_데일 카네기

외로움은 불시에 찾아오는 불청객이다

그대, 혹여 지금 많이 외로운가요?
그대, 너무 외로워하지 마세요.
외로움은 나약한 마음이 불러들인 낯선 불청객
그 이상 이하도 아니거늘!
그대, 외로움에 자신을 함부로 내던지지 마세요.
외로움은 혼자 있다고 해서 외로운 것이 아니라
혼자라고 생각하기 때문에 외로운 겁니다.

그대, 외롭다는 생각으로 자신을 학대하면 할수록
외로움을 이겨낼 수 있는 의지는 그만큼 줄어듭니다.

외로움의 가장 큰 문제는 자신만이 외롭다고 생각하는 것이다.

_존 록펠러

남자가 이순耳順의 나이가 되면

남자는 이순의 나이가 되면
한 번쯤은 인생의 덧없음을 되새긴다.
아등바등 살아온 인생길이 못내 억울하고 아쉬운 탓이다.
남자가 이순의 나이가 되면
소주 한 잔, 담배 한 개비에 고독을 삼키며
남몰래 눈물을 훔친다.
소중한 그 무엇을 잃어버린 듯한 상실감 때문이다.
그래도 이순의 남자는 긴 시간 동안 그래왔듯
오늘도 삶의 굴렁쇠를 굴린다.

아직은 할 일이 많이 남아 있기에!
아직은 걸어가야 할 길이 한참 남아 있기에!

주름이 생기지 않는 마음, 희망에 넘치는 친절한 마음과 늘 명랑하고 경건한 마음을 잃지 않고 꾸준히 갖는 것이야말로 노령을 극복하는 힘이다.

_토마스 베일리

282

자신에게 문자 메시지를 보내라

발신자도 나, 수신자도 나인 '나'에게 문자 메시지 하나가 왔다.
'인마, 괜찮아! 그럴 수도 있어. 다음에 잘하면 돼!'
'오늘 정말 좋았어! 내일도 좋을 거야!'
'넌 할 수 있어. 지금껏 잘해 왔잖아!'
자신이 자신에게 보내는 칭찬과 격려의 문자 메시지는 그 어떤 칭찬과 격려보다 아름답고 값지다.

그대, 자신에게 칭찬과 격려를 아끼지 마라!
어제까지 돌아앉아 있던 용기와 배짱이 알게 모르게 자신을 변호하고 대변할 테니까.
그대, 그 문자 메시지를 삭제하지 마라!
일이 뜻대로 풀리지 않거나 자신이 왠지 싫어지고 한심하게 느껴질 때 한 번씩 꺼내보라!

인간은 끊임없이 칭찬해 주며 격려해 주면 능력을 가장 잘 발휘한다.

_찰스 슈밥

 283

행복을 꿈꾸는 부부는

행복을 꿈꾸는 부부는
영원한 사랑을 위해
때 묻지 않은 순수한 열정으로
최적의 기쁨과
최상의 보람과
최고의 만족을 줄 수 있는 평생 동업자 정신으로
서로를 사랑하고 아끼고 보살펴야 한다.

누구한테도 사랑을 받지 못한다는 것은 참혹한 고통이다. 또 아무도 사랑할 수 없다는 것은 죽음과 같다.

_라이크스터

어떤 삶을 살고 있나요?

그대, 지금 어떤 삶을 살아가고 있나요?
비굴한 모습으로 많은 것을 누리는 삶인가요?
부족하지만 늘 당당하게 살아가는 삶인가요?
비굴한 삶은 자신보다는 남을 위해 사는 삶이고
당당한 삶은 남은 물론 자신을 위해 사는 삶이다.

오늘은 어떤 삶을 살아가든 선택은 자기 몫이고
자기 소관이라는 사실을 간과하지 않는
의미 있는 하루가 되었으면 합니다.

사는 것이 중요한 문제가 아니라 바로 사는 것이 중요한 문제다. 잘 살려는 의지도 중요하지만 바로 살려는 의지는 더 중요하다. 바로 살아야 잘 살 수 있다.

_소크라테스

가을 낙엽이 주는 교훈

가을 낙엽은 겨울을 채비하는 순간에도
내면의 침묵으로 자신을 추스르고 다스린다.
앙상한 가지에 위태롭게 걸려 있는 가을 낙엽은
차가운 삭풍에 분분히 스러져도 무저항의 침묵으로
낙하의 본분을 게을리하지 않는다.
다음 해 새로운 환생을 기약하는 내면의 침묵의
소중함을 알기 때문이다.

우리는 가을 낙엽의 내면의 침묵을 통해
가을 낙엽으로 태어날 수밖에 없는 운명을
영혼의 고요함과 고귀함으로 지킬 줄 아는
심성과 인성을 배워야 한다.

운명에 겁내는 자는 운명에 먹히고 운명에 부딪치는 사람은 운명이 길을 비킨다. 대담하게 나의 운명에 부딪쳐라. 그러면 물새 등에 물이 흘러버리듯 인생의 물결은 가볍게 뒤로 사라진다.

_비스마르크

만족해도 만족할 줄 모르는

우리 인간은 늘 부족하고 늘 불만족스런 마음으로
살아가는 이기적인 동물이다.
매사를 소유욕에 갇혀 사는 사람은
지금 이 순간을 위해 살지 못하고 가진 것이 많으면서도
무언가 부족하고 모자랄 것 같은 결핍증에 사로잡힌 채
정신적인 갈증과 심리적인 허기로 살아간다.
반면에 소유욕에 자유로운 사람은 부족함이 있다 해도
늘 감사와 만족으로 삶을 살아간다.
부족함 속에서도 자기 나름의 만족을 느끼며 사는 삶이
바람직한 삶이다.

영국에서나 프랑스에서나 만족이라는 말은 기뻐한다는 의미이다. 골방에서도 만족한다는 말은 그것으로 발전할 수 없기 때문에 그곳에서만 살아야 한다는 의미는 아니다. 그것은 그러한 처지에 놓여도 모든 것을 기뻐한다는 의미이다.

_체스터톤

287

오늘을 포기하지 마라

삶의 터전에 뿌리를 내리지 못하고 사는 인생은
내일을 예비하는 최소한의 노력조차 포기하고 산다.
주어진 인생 함부로 내치지 마라!
'인생 백 년에 고락이 상반相半이라'는 속담도 있듯
우리네 인생사는 괴로운 일과 좋은 일이 반반이거늘!

오늘의 인생을 포기하지 마라!
내일의 인생을 미리 예단하지 마라!
오늘의 노력 또한 포기하지 마라!
오늘의 노력을 포기하지 않는 사람만이
내일의 인생을 살아갈 자격을 가질 수 있다.

오늘 하루를 헛되이 보냈다면 그것은 커다란 손실이다.하루를 유익하게 보낸 사람은 하루의 보물을 파낸 것이다. 하루를 헛되이 보냄은 내 몸을 헛되이 소모하고 있다는 것을 기억해야 한다.

_앙리 프레데리크 아미엘

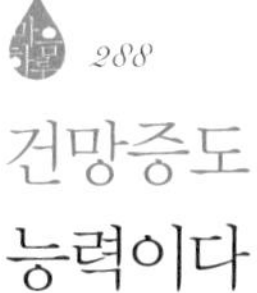

288

건망증도
능력이다

그대, 포화상태에 있는 기억주머니를 비워라!
수용할 수 있는 한계를 초과한 기억주머니는
신선하고 기발한 발상을 저해하는 요인이 된다.
우리가 안고 사는 정신적 스트레스는
그다지 소중하지 않고
딱히 중요하지 않은 기억을 떠올리는 심리에서 비롯된다.
많이 기억하는 능력보다
적당하게 잊어버릴 줄 아는 건망증이
삶을 지혜롭게 살아가는 한 방편이 될 수 있다.

기억하는 것이 많을수록 생각회로는 복잡해지고
생각이 복잡하면 할수록 행동반경은 방향을 잃고
혼선을 빚기 마련이다.

용서하는 것은 좋은 일이다. 그러나 잊는 것은 더욱 좋은 일이다.

_브라우닝

289

사랑하는
사람끼리는

사랑하는 사람끼리는
서로 가해자가 되어서도 안 되고,
피해자 또한 되어서도 안 된다.

사랑하는 사람끼리는
오직 유일 사랑을 위한 현행범인 동시에 공범이 될 때
가장 찬란하고 가장 아름다운 법이다.

사랑하는 사람끼리는
죽어 있는 감정이 아니라 늘 살아 있는 감정으로
서로 간절히 느끼며 서로의 진실을 함께 해야 한다.

사랑은 신뢰를 본질로 한다. 신이 존재하느냐 않느냐는 아무래도 좋다. 믿으니까 믿는 것이다. 사랑하니까 사랑하는 것이다. 대단한 이유는 없다.

_로망 롤랑

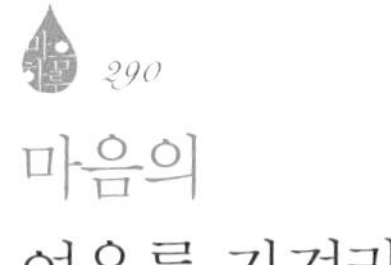

290

마음의 여유를 가져라

마음의 여유가 생기면 남에게 쉽게 휘둘리지 않는다.
마음의 여유가 내면과 영혼에 뿌리를 내리면
정신적으로 방황하지 않는다.
마음의 여유가 충만해지면 질수록
삶의 중심은 쉽게 흔들리지 않는다.

그대, 오늘은 잠시 소홀히 한 마음의 여유를 찾을 수 있는
홀로서기 여행을 떠나라!
담백한 차 한 잔과 함께 삶의 여백이 가득한 가을 기운을
흠뻑 만끽하면서!

그대여. 어지러운 머릿속을 정리해줄 차 한 잔을 내게 준다면, 내가 당신의 사정을 더 잘 이해할 텐데.

_찰스 디킨스

291

마음그릇의 충고

그대의 마음그릇은 어떤 얼굴인가요?
지금 그 마음그릇에 무엇이 채워져 있나요?
하루에 한 번이라도 그 마음그릇을 살펴보나요?

마음그릇이 우리에게 충고합니다.
무엇을 담느냐가 중요한 게 아니라
무엇을 비우느냐가 중요하다고.
그대! 굳이 아등바등 물불 가리지 않고
억지로 담으려고 채우려고 하지 마세요.
억지로 담고 채우려 할수록 가지고 있는 것마저도
모조리 잃게 되는 어리석은 사람이 됩니다.
적당히 분수껏 담고 채우세요!
하나를 얻으면 또 하나를 얻고 싶은 욕망은 버리세요!
쌓으면 쌓을수록 빨리 무너지는 법이거늘!

충고는 눈雪과 같다. 조용히 내리면 내릴수록 마음에 오래 남고 마음에 스며드는 것도 깊어진다.

_칼 힐티

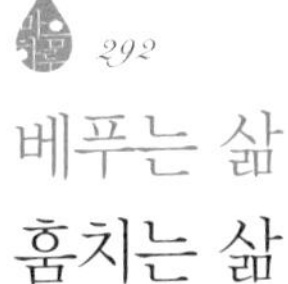

292

베푸는 삶
훔치는 삶

베풀며 사는 사람은 더 많은 것을 얻기 마련이며
훔치며 사는 사람은 더 많을 것을 잃는다.
베푸는 삶을 사는 사람은 다리를 뻗고 편히 잘 수 있지만,
훔치는 삶을 사는 사람은 꿈자리가 사나워
악몽에 시달린다.

베풂의 삶은 편하고 근심 없는 삶이며
훔침의 삶은 불안하고 피곤한 삶이다.
오늘부터라도, 아니 오늘이 늦었다면 내일부터라도
작은 베풂이라도 실천하며 살아가는 삶을 살아보자.
삶은 베푼 만큼 반드시 돌려받게 되는 부메랑이거늘!

우리 세대의 가장 위대한 발견은 인간이 자신의 마음자세를 바꿈으로써 삶을 바꿀 수 있다는 사실이다.

_윌리엄 제임스

열린 삶을 살자

하루에 한 번이라도 짧은 독백으로 자신을 불러내자.
독백은 닫혀 있는 마음을 열어주는 힘과 용기다.
독백은 열려 있는 마음으로 자신을 재확인하는
기회를 제공한다.
열려 있는 마음은 온갖 소란과 소요 속에서
평정심을 일깨우는 깨달음이다.
열려 있는 마음으로 삶을 살면 과거에 얽매이지 않고,
현재에 안주하지 않고,
미래에 연연하지 않는 번뇌에서 자유롭다.

그대, 늘 열린 마음으로 자신의 삶을 사랑하라!
자신의 삶을 사랑하지 않는 사람은 늘 닫힌 마음으로
이 세상을 살아갈 수밖에 없기 때문이다.

왜 살아야 하는지를 아는 사람은 어떠한 상황도 참고 견뎌낼 수 있다.
_프리드리히 니체

한 점 후회 없는 삶은 없다

그대의 운명을 탓하지 마라!
이 세상에 한 점 후회 없이 삶을 살아온 사람은
단 한 명도 없다.
이 세상에 무결점의 삶은 결코 존재하지 않는다.
생각과 감정을 지닌 인간으로 태어난 이상
너 나 할 것 없이
숱한 실패와 좌절을 경험하며 살아갈 수밖에 없다.

하지만 그대, 그대의 운명은 나름대로 가치가 있다.
그대의 삶을 그대답게 살아가면
그것이 곧 그대만의 삶이고 운명이니까.

사람은 제각기 그 운명을 스스로 만든다. 즉 운명이란 결코 하늘이나 신이 지배하는 것이 아니고 각자 자신의 손으로 자신의 운명을 만드는 것이다.

_네포스

295

거울이 주는 교훈

거울은 거짓을 모른다.
있는 그대로를 꾸밈없이 보여주기 때문이다.
꾸밈이 없다는 것은 있는 진실을 있는 그대로
낱낱이 보여준다는 뜻이다.

거울이 우리에게 묻는다.
과연 그대는 일상을 살아가면서 거울처럼
'있는 그대로'를 보여 주고 실천하고 있는가?
어쩌면 우리 인간은 자신을 의심하고 남을 불신하며
살아갈 수밖에 없는 불완전한 존재인지도 모른다.

거울이 우리에게 충고한다.
'마음의 거울'에 투영된 있는 그대로의 자신을 보며
자기반성을 할 줄 아는 사람은 모든 의심과 불신에서
벗어날 수 있는 기회를 얻게 된다고.

당신 자신에 대한 진실을 말하지 않으면 다른 사람에 대한 진실을 말할 수 없다.
_버지니아 울프

가을 단상

가을은 아련한 감상에 젖게 하는 상심의 계절이다.
가을은 색 바랜 추억을 되새김질하고,
가슴을 저미는 그리움을 부르고,
기약 없는 기다림을 노래하는 사유思惟의 계절이다.
가을은 그 누구를 슬프게 떠나보내고,
기쁘게 맞이하는 이별과 만남의 계절이다.
가을은 빈 잔에 채워진 한 줌 공기처럼
눈으로 볼 수 없고, 손으로 만질 수 없고,
마음으로 교감할 수 없는 회상의 편린片鱗이다.

그것을 갈망하는 마음속에 존재하는 아름다움은 그것을 보는 사람의 눈 속에 존재하는 아름다움보다 훨씬 숭고하다.

_칼릴 지브란

297

스스로
절제할 줄 알라

한 마디 말이나 한 줄의 글이라도
스스로 절제할 줄 알아야 한다.
절제하지 못하는 사람은 자신 스스로 오해와 반목의
빌미를 만드는 어처구니없는 상황에 처하게 된다.
누워서 침 뱉기란 말도 있듯
무심코 내뱉은 한 마디 말과 아무 생각 없이 휘갈겨 쓴
한 줄의 글로 곤란을 당하는 우를 범하지 마라!

매사 조심성 없는 성급한 생각과 감정으로 사람을 대하면
자신조차도 선뜻 이해할 수 없는 낯선 오해의 덫에
걸린다는 사실을 간과해선 안 된다.
자신의 생각과 감정을 스스로 통제하거나 제어하지
못하는 행위는 무책임한 행위와 다름없다.

자신을 명령할 수 있는 힘 즉, 자제력이 없는 사람은 도대체 어떤 힘으로 남을 지배할 수 있단 말인가.

_라블레이

298

행복과 행운

우리는 누구나 늘 행복하기를 바라고
늘 행운이 따르는 삶을 좇는 감정의 동물이다.
이 세상에 행복과 행운을 스스로 밀어내거나
뿌리치고 싶은 사람은 없다.
행운은 기대하는 마음만 가지면 되지만
행복은 일과 땀 그리고 노력, 이 세 가지가 없이는
그 누구에게도 선뜻 다가서지 않는다.

물질에 갇혀 사는 행복은 근심 걱정을 달고 산다.
언제 빼앗기고 언제 닳아 없어질지 모르니까.
물질에 자유로운 행복은 유통기한이 없다.
부패하거나 다칠 염려가 없으니까.
행운을 바라는 로또 복권 한 장으로
희망의 일주일을 기분 좋게 사는 것도 작은 행복이다.

행복과 행운을 바라지 않는 사람은 없다. 그것을 얻기 위해 욕심을 부려 그 지름길로 가려고 도박에 손을 대는 사람이 있다. 하지만 옳지 않다. 오로지 일을 해서 얻어야 한다.

_헨리 워즈워스 롱펠로

황혼은 비관의 시작이 아니다

그대, 자신과의 마지막 경주인 삶의 황혼기는
양 어깨를 짓누르는 삶의 무게만큼
감당하지 못할 정도로 무겁고 버겁기 마련이다.
그 아무리 무겁고 버거워도 함부로 삶을 포기하지 마라!
선불리 비관으로 재단하지도 마라!
비관은 곧 삶의 무덤이거늘!
그대, 저무는 황혼을 두려워 마라!
두려워하면 할수록 더 두려운 법이다.

오늘은 황혼의 삶은 아름다운 마무리를 위한
마지막 여정의 새로운 시작임을 천명하는 하루가 돼라!

두려워해야 하는 것은 아무것도 없다. 이해해야 하는 것이 있을 뿐이다. 지금은 더 많이 이해해야 하는 때다. 그렇게 두려움을 없애야 한다.

_마리 퀴리

사랑의 동반

사랑의 동반은 외롭지 않아야 한다.
외로움은 서로를 오해하는 빌미가 될 수 있다.

사랑의 동반은 서로 그리워해야 한다.
진정한 그리움은 떨어져 있어도 그리운 법이다.

사랑의 동반은 한곳을 향해 가는 어깨동무이다.
서로의 어깨에 의지하는 사랑이 참사랑이다.

사랑의 동반은 절름거리지 않아야 한다.
서로 발맞추어 걸어가는 사랑이 아름답다.

사랑은 언제나 너그럽고 정이 깊으며, 또한 질투함이 없고 교만하지 않다. 의롭지 않은 일을 기뻐하지도 않으며, 진리를 기뻐한다. 그리고 모든 것을 견디고 모든 것을 믿으며, 변함이 없다.

_바울

301

반드시 버려야 할 것 세 가지

첫째는 욕심이다.
욕심은 사리판단이나 분별을 무디게 하는 원인이다.
둘째는 이기심이다.
이기심은 소통과 협조를 저해하는 요인이 된다.
셋째는 편견이다.
편견은 오해와 불신을 조장하는 불씨가 된다.

버릴 것은 흔쾌히 버려라!
제때 버리지 못하면 평생 동안 자신을 구속하는
족쇄가 된다.
버릴 건 아무 생각 없이 그냥 버려라!
버림이 곧 다른 무엇의 찾음이거늘!

얻는 것보다 더욱 힘든 것은 버릴 줄 아는 것이다.
_발타자르 그라시안

302

반드시 가져야 할 것 세 가지

첫째는 환한 미소이다.
미소는 상대방 마음을 흐뭇하게 한다.
둘째는 진심이 담긴 칭찬이다.
칭찬은 상대방 감정을 기분 좋게 한다.
셋째는 사심 없는 배려이다.
배려는 상대방 가슴을 따사하게 해준다.

가져야 할 것은 소중하게 간직하라!
소중하게 간직하지 않으면 알게 모르게 달아나거나
잃어버릴 수 있다.
반드시 가지고 있어야 할 것은 함부로 다루지 마라!
자칫 다시는 쓸 수 없는 무용지물이 될 수 있다.

많은 것을 가진 자는 더욱 많은 것을 손에 넣는다. 조금밖에 갖지 못한 자는 얼마 안 되는 것까지 빼앗긴다.

_하인리히 하이네

303

그리워할 줄 아는 사랑을 하라

그리움에 인색한 사랑은 무미건조한 사랑이다.
그리움이 실종된 사랑은 허울뿐인 사랑이다.
그리움에 무관심한 사랑은 겉치레 사랑이다.

그대, 그리움을 전제로 사랑을 하라!
다만, 서로 덜도 말고 더도 말고 분수껏 적당히
그리워할 줄 아는 사랑을 하라!
서로가 성가셔 하는 지나친 그리움은
자칫 식상하기 쉬우며 별리의 원인이 된다.

오늘의 그리움은 내일로 미루지 마라!
미룰수록 사랑은 제 빛을 잃어간다.
멀리 떨어져 있어도 그리움의 끈을 놓지 마라!
놓는 순간 딴마음이 생길 수 있다.

이별의 아픔 속에서만 사랑의 깊이를 알게 된다.

_조지 엘리엇

301

칭찬을 하자

이 세상에 주면 줄수록 기분 좋고, 받으면 받을수록
기분이 좋아지는 선물은 칭찬밖에 없다.
칭찬은 서로 주고받지만 돈이 필요 없다.
서로 아무 조건 없이 무상으로 주고받을 수 있는
진실한 마음 하나만 있으면 충분하다.

그대, 오늘은 칭찬 바이러스가 되어 보자!
진심 어린 칭찬은 '나'는 물론이고 '너'와 '우리'
모두를 신바람 나게 하는 신의 특별한 선물이다.
"그래, 넌 오늘도 잘할 수 있어!"
"그래, 그게 너다운 거야."

지금부터라도 칭찬을 해주는 사람이 돼라. 그러면 그만큼 당신의 잠재력이 계발될 것이다.

_데일 카네기

기쁨이란

서로가 서로를 이해하고
서로가 서로를 용서하고
서로서로 의지하고
서로서로 베풀 때
기쁨은 우리에게 무한의 행복을 주는 메신저다.
너와 나, 우리가 함께하는 기쁨은
소유에 집착하려 드는 탐욕을 버릴 때
일상 속에서 오염된 상념을 떨쳐낼 때
서로 시기하는 어리석음을 버릴 때
비로소 그 의미와 가치를 찾을 수 있다.
나는 너를 위하고
너는 나를 위하는 미소로 기쁨을 느낄 때
오늘을 사는 우리는 행복한 내일을 얘기할 수 있다.

쾌락에서 기쁨을 구하지 마라! 내가 계획한 좋은 일에 전력을 다했을 때 그 기쁨만큼 큰 것이 또 어디 있겠는가.

_스탕달

306

일일불독서一日不讀書 구중생형극口中生荊棘

책을 안 읽는 사람은 머리는 있으되
생각과 감정을 포기한 사람이다.
책을 멀리하는 사회는 지혜와 깨달음은 없고
외면당한 소통으로 신음하는 사회이다.
책이 죽어 있는 국가는 말라비틀어진 영혼에
산소호흡기로 연명하는 식물국가이다.

책을 읽자!
소중한 시간을 생매장하고, 사고思考를 혼란스럽게 하고,
감정을 메마르게 하고, 인성을 파괴하는 휴대폰을 끄고
책을 벗 삼자. 책을 읽자!
하루 단 30분이라도!

독서의 습관은 아무것도 섞이지 않은 유일한 즐거움이다. 모든 쾌락이 시들어도 이것은 지속된다.

_A. 트롤러프

은근하고 그윽한 마음의 향기

왜 우리 인간은 삶을 살아가면서 불행보다는 행복을 꿈꾸는 것일까? 왜 우리 인간은 살아가는 삶이 헛되지 않았으면 하는 깨달음을 얻고 싶은 것일까?

우리가 살아갈 수밖에 없는 삶 속에는 크든 작든 많든 적든 근심과 걱정이 따른다는 것은 아무도 부정하지 못한다. 삶을 살아가다 보면 때로는 어두운 부분을 경험하기도 하고 때로는 밝은 부분도 경험하기도 한다.

그렇듯 우리 인간은 자신이 선택한 인생을 살아가는 한 삶의 어둠과 밝음을 받아들일 수밖에 없는 무저항의 존재다.

그러나 우리는 알고 있다.

잿빛 어둠이 걷히면 눈부신 밝음이 오기 마련이라는 사실을. 우리 인간은 다행스럽게도 영원히 어둠 속에 갇혀 방황하고 갈등하고 고민하는 삶은 있을 수 없다는 희망과 기대를 포기하지 않는 존재다.

온몸을 쭉 펴고 따사한 햇볕을 즐기기라도 하듯 해바라기를 하고 있는 강아지를 본 적이 있는가?

그 강아지는 근심 걱정이 없다. 다만 지금 이 순간 햇볕이 자신의 전부인 것처럼 순수하게 받아들일 뿐이다.

우리도 그래야 한다.

인간으로서 향유할 수 있는 건 순수하게 즐기고, 받아들일 수 있는 것 또한 아무런 사심私心 없이 순수하게 받아들이면 그만인 것이다.

근심 걱정이 없는 삶은 우리 스스로가 만들어 가야 하는 향기 나는 삶을 통해 이룰 수 있다.

사심 없는 삶이 곧 향기 나는 삶이다.

좋아하는 일을 순수하게 즐기고 받아들이는 강아지처럼 우리 또한 하고 싶은 일, 좋아하는 일을 하면서 자신 나름의 일상을 열심히 살아가는 한 행복과 기쁨이 샘솟는 향기 나는 삶은 멀리 있지 않다.

저자는 이 책을 대하는 모든 분들이 온갖 근심 걱정에 의연하게 대처할 수 있는, 은근하면서도 그윽한 마음향기 가득한 하루가 되기를 마음 깊이 소망한다.

박치근

마음 읽는 하루

초판1쇄 인쇄 2018년 5월 02일
초판1쇄 발행 2018년 5월 09일

지은이 | 박치근
펴낸이 | 임종관
펴낸곳 | 미래북
편　집 | 정광희
표지 디자인 | 김윤남
본문 디자인 | 디자인 [연:우]
등록 | 제 302-2003-000026호
주소 | 서울특별시 용산구 효창원로 64길 43-6 (효창동 4층)
마케팅 | 경기도 고양시 덕양구 화정로 65 한화 오벨리스크 1901호
전화 02)738-1227(대) | 팩스 02)738-1228
이메일 miraebook@hotmail.com

ISBN 979-11-88794-13-3 03800

값은 표지 뒷면에 표기되어 있습니다.
잘못된 책은 구입하신 서점에서 바꾸어 드립니다.